청어詩人選 222

가벼움의 미학

임종은 시집

청어

시인의 말

오래전부터 평소 생각이 떠오를 적마다 적어 놓은 글과 여러 문학지에 발표했던 글을 퇴고하면서 몇 번의 계절을 그냥 보내고 말았다. 정리를 시작하던 중 시조시인 사봉 장순하 님의 글을 읽게 되었는데, 선생께서는 「경시조 산책」이라는 글에서 '시인이 시를 짓는 일은, 세상에서 가장 아름답고 고귀한 상념을 캐내어 그것을 구슬처럼 갈아내는 보석 장인의 공정과도 같다. (중략) 그것은 경건하고 진지하기가 숭고한 종교의식에 비유할 수도 있을 것이다.'라고 시인의 자세에 대한 너무나 엄중한 경고의 메시지를 남겼다.

이후 고심의 시간을 많이 보내기도 했다. 사실 장인의 경지에 범접할 수 없음은 어쩔 수 없는 일이지만, 수차의 퇴고 작업으로 다듬어 보면 어느 정도 완벽에 가까울 것으로 예상했으나 아직도 많은 아쉬움을 남기게 되었다.
더구나 생활 주변에 산과 하천 등 아름다운 영감의 소재가 많았는데도 담아내지 못해 더욱더 아쉽다.

소싯적엔 자연의 본성을 통해 인간적 염원과 가치를 찾는 청록파 시류를 동경하여 왔으나 최근 많은 시를 접하면서 정체성의 혼란(?)을 겪게 되었다. 어찌 되었든 시의 본류는 서정성이라는 관념에 충실히 하려고 했으나 주변에서 눈에 밟히는 문제들을 외면할 수가 없어 가장자리를 배회하기도 했다.

역시 좋은 글을 쓰기 위해서는 사색과 명상의 시간 할애가 많아야 함에도 일상에 묻혀 생활하다 보니 표현의 순수성을 모색하는데 어려움으로 다가옴을 절감하기도 했다.

이 책을 세상에 내놓게 된 가장 큰 의미는 조그마한 삶의 궤적이라도 남기고자 함에 있다. 그리고 페이지 여백마다 좋은 그림으로 자연의 향기를 불어 넣어준 친구 우취(又翠) 장건이 화백에게 감사를 표한다.

庚子年 二月 龍仁 大地山 아래에서

임종은

차례

해설

남해 노도몽돌해변

1부

잊혀진 만큼 지워진 세월의 숨결이

햇살 가득한 푸른 산자락에

아직도 낯익은 그리움으로 남아

우아한 변신

온기를 갈망하며 지켜온
긴 기다림의 계절

스멀스멀 성급한 산수유
화사한 얼굴 내밀 때면

앙상한 가지마다
희망의 유치幼齒 발아되고

묵언 수행하며
층층이 합장하던 봉오리

뽀오얀 우윳빛 촛불로
우아한 변신 보이더니

훈풍 밀려오는 소리에
어느 날 손바닥으로
하늘을 떠받치고 있다.

받쳐 든 촛불마다
주변을 밝히며
맑은 하늘에 둥둥 떠다니는
하얀 목련

계룡산 등산로

짧은 인연

흩어지는 시간의 잔해 속에
지워지지 않는 흔적들

가뭇없는 인연의 아쉬움을
다시 떠올리게 하는 들녘

맑은 바람 속에 설레임으로 머물다
아련함만 남겼을 뿐인데

잊혀진 만큼 지워진 세월의 숨결이
햇살 가득한 푸른 산자락에
아직도 낯익은 그리움으로 남아

미처 끝내지 못한 말들의 여백을
홀로 메꾸고 있다.

햇살의 유인

서너 자 남기고
건물 사이로
빠져나가는
오후 햇살의 유인

창문을 끝까지 밀쳐
한 줌 따스한 온기를
한사코 붙들며
아쉬워한다.

불볕더위에
짙은 푸르름
다 털린 채
긴 겨울 기다리는
등터진 고목도

물기 없이 대롱거리는
메마른 잎사귀조차
찬 계절에 의연한데

쥐꼬리만큼 남은
겨울 햇살 따라가는
인간의 나약한 오후

잊혀진 이별

몇 봄을 보내고
발견한 지도 속엔
숱한 애벌레 짓이겨 그려낸
해독 불가한 문자 가득했다.

행간行間을 벌려
돋보기로 만져진 글씨마다
최루탄 용액 지글거리고

차창에 기대어 입력했을
가로수 우듬지엔
매달린 동공이 아직도
초록 눈물 머금고 있지만

눈에 밟혀 묻어둔 기억들은
하나둘 일기장 밖으로 걸어 나와
곧 길을 잃고 만다.

식어버린 시간 속에
열사의 모래더미에
묻힌 유물처럼
한 가닥 씩 더 깊은 곳으로
침전하는 기억들

늦가을 단상斷想

늦은 가을이
언덕을 넘어오는 날이면
호수 언저리 엷은 미풍
밀려오는 물비늘 위에
햇살 부서지는 눈부심

몇 날을 두고
따스한 태양 여기 머물면
푸른 열매는
단조로움에서 깨어나
알찬 실속을 서두르고

물푸레나무 등걸에 서리 내리면
애달픈 울음 울던 귀뚜라미도
젖은 아쉬움 털어버리고
돌담 어둔 구석 마련해야지

실개천 가장자리 오밀조밀 조약돌
반쯤 내민 몸뚱이마다
가을 햇볕에
몸 말리기 바쁜 하루

체념의 눈빛

오일장
축산시장에 가면
철망에 기댄 황구와 백구 무리의
처연한 눈빛을 보게 된다.

한땐 총명함으로 인기도 있었고
듬직한 지킴이로 사랑도 받았지만
이제 그들은
낯선 두려움으로 다가오는
단절의 순간을 가늠하고 있다.

무릎까지 빠지는 눈밭에서
찬바람 맞으며 껑충대던
어린 시절이며
바닷가 낚시터에서
라면 몇 가닥으로 허기를 채웠던 기억

무수한 기억과
따스한 체온으로 교감하던 시간을
잊으려 몸부림치며 치를 떨지만
철망에 갇혀 너덜거리는

허탈 속에서
지난 일상의 흔적들을 쉽게
지우지 못하고 있다.

축산시장에 가면
애처로운 눈빛을 보게 된다.
불안 속에 한없이 추락해 가는
체념의 눈빛을

달리아 연정

함초롬히 이슬 머금은 듯
수줍은 미소 매혹적인 봉오리
우아하게 흘려보내는 눈웃음마다
다가온 가슴 벅찬 희열

시원한 호숫가 푸르른 그늘
사과처럼 풋풋한 순수의 열정 쪼개며
물 위에 부서지는 초롱초롱한 햇살의
눈부심에 심취했던 시간들

자작나무 껍질마다 숨겨진
그때 그 비밀스런 대화의 숨결이
아직도 낯익은 향기로 맴돌고 있는데

가뭇없는 긴 강을 건너
눈먼 유혹의 성곽에 묻힌 달리아는
광야를 스쳐 맴돌던 청정한 울림을 듣지 못했을까?

이젠, 흩어지는 아쉬운 기억의 조각들이
낡은 시간의 닻줄 감으며
멀리서 밀려오는 산 그림자에 실려
한 가닥 남은 그리움마저 떠나가고 있다.

꿈

시공時空이 얽힌 영역에서
밤마다 찾아오는
사역使役의 의미

4차원의 미로를 진단해 보지만
소통의 근원조차 찾지 못한 채

투명한 공간에서 명분 없이
미완의 막을 내리는 아쉬움

미래를 예시하려는
한 가닥 기대조차
발견할 수 없고

막연한 혼란만 남기고는
망각의 늪에서
망설임으로 서성이다

자충수自充手*로 대국을
끝내고 마는
불면의 새벽

* 자충수: 바둑에서 쓸데없는 수를 두어 손해를 보는 경우

땅끝 언덕에서

갈두산 푸른 솔바람
옷깃을 헤치며
상큼하게 감겨오면

검푸른 바닷물은
맑은 햇살 싣고
청량한 물감 풀어 올린다.

해넘이와 해돋이
날마다 뒹굴다
미끄러져 스치는
이곳은 정녕
태양이 노니는 명당

멀리 둘러앉은
푸른 섬들
덩실한 몸체 띄운 채
찰싹거리는 물결에 흔들리며
풍성하게 몸을
적시고 있다.

외로움만 지키며

아쉬움에 목말라 하면서도
길게 멀어진 그림자
떠나보낼 때
차마 손을 흔들지 못하는 것은
오랜 기다림이 두려워서일까?

밤이면 어슴푸레 가로등 그늘 아래
발자국 소리마다 청각을 세우는 것은
가파른 언덕, 헐떡이며 달려와
와락, 그리움을 안길 것 같은 때문일까?

산등선 스쳐온 한랭한 바람은
날선 파열음 토하며 전선에 휘감겨
겹겹이 시간을 포개고 있는데

밤새 어둠에 젖은 검은 몸뚱이는
아직도 깊은 한을 삭이지 못하고
빈 하늘 아래
외로움만 지키고 있다.

하조대* 사자 무리

멀리서 은신하며 둥실거리다
뒤따라 밀려오는 무리와 합세하여
가속으로 변한 사자 군단
흰 갈기 휘날리며
엄청난 속도로 돌진해 오면
일단은 피신하거나 몸을 낮춰야한다.

몰려오던 일부 세력은 모래밭에 코를 박고
제풀에 기진하여 황토색 거품 토하며
부서져 내려앉고

일부 세력은 자살 특공대가 되어
바위를 향해 철썩 소리와 함께
곤두박질 산산조각이 되어
흩어져 버린다.

젊은 두 남녀의 이루지 못한
애절한 사연 담긴 하조대 해변
깊은 한을 삭이지 못해
자해를 할까?
산산조각이 될까?

성난 사자의 공격은
인해전술로 끊임없이 계속되는데
방파제 위에서는 함성과 함께
셔터 소리만 요란하다.

* 하조대: 강원도 양양군 현북면 하광정리에 있는 경승지

남해섬

타오르는 불꽃

울타리마다
타오르는 불꽃

사철나무 가지도
야생화 이파리도
거침없이 기어오르고 있다.

산언덕 푸른 소나무와
초록을 잔뜩 머금은 들판도

번지는 불길에 가려
온통 색 바랜 모습인데

널름거리는 붉은 촉수는
그림자처럼 점점 자라나

초여름을 태우며
맹렬히 타오르는
장미의 불꽃.

한여름의 행진

저 맞은편 함석지붕 위로
찬연히 빛나 부서지던 햇살은
잿빛 도로 위에 산산이 흩어지고

무기력한 의식은 낯선 사하라 사막의
오아시스 변두리 서성거리며
무료한 기다림에 권태를 되씹고 있다.

아득한 곳으로부터
증폭되어 밀려오는 긴 차량의 굉음에
긴장한 도시의 심장은 더욱 가열되고
게으른 하루가 천천히 익어 가고 있다.

또 맹렬히 이글거리며
대지와 가까워지려는 태양은
시간의 그림자 살금살금 밟으며
노출의 장막을 하나씩 걷어내고

선글라스 가득 농익은 여름을 담아
한여름을 행진하고 있다.

녹색 바다

넓은 정원 가득히
매운바람 견디면서도
겨울잠을 잔 것이 아니었나 보다.

깡마른 가지마다 죽은 듯
강추위에 내 맞기더니
어두운 껍질 속에서도
많은 음모들이 있었나 보다.

차가운 눈옷 걸치고
하얀 무게에 낑낑대더니
그 많은 수런거림 속에
치밀한 준비가 있었나 보다.

어느 날
아지랑이 너울거리고
개나리 노란 순 피어나올 때
일제히 작전을 시작하더니
온 정원을 순식간에 점령해 버렸다.

성급한 해일처럼 밀려와
가지마다 넘실거리는 녹색 바다

남해앞바다

해동

며칠간 계속된 영하의 날씨에
땅도, 사람 마음도 꽁꽁 얼리더니
모처럼 영상 기온을 찾은 오늘
햇볕이 쨍쨍, 온 땅 위에 생기 넘친다.

사철나무 파란 이파리
심해 바닷물 흠뻑 머금고
번들거리며 즐거워하고
요양원 붉은 벽돌 울타리
예루살렘 신전의 따뜻한 태양 그리며
포근한 미소 흘리고 있는데

유독 사람은 얽힌 사연 겹겹이 쌓아
건조한 심성으로 두꺼운 결빙
녹이지 못하고 굳어 있을까

해동은 습기가 스며있어야,
해동은 정이 스며있어야
얼고 굳은 두께가 풀리리니

정은 부드러운 마음,
정은 촉촉한 물기 담겨 있는 마음에
차고 딱딱한 얼음도 해동하리니

촉촉한 물기, 싱싱함 속에는
결빙과 풀림이 공존하고 있을 진데
사람의 메마른 속내는 언제쯤 풀리려나

얼어붙은 등산로 앞 들길에도
따스한 물기 촉촉이 젖은 채
화창한 날씨 반기고 있건만

폐선

한때는 남서해역을 누비고 황금어장을 선도하며 잘 나갈 때도 있었다. 먼 항구에 정박할 때마다 육지 냄새에 굶주린 개처럼 술집을 통째로 전세 내어 첩첩이 쌓인 응어리를 토해내며 술에 절어 비틀거리며 내일을 꿈꾸기도 하고, 폭풍 휘몰아치는 칠흑 같은 밤, 한 치 앞도 알 수 없는 어둠 속에서 거친 파도와 씨름할 적엔 침실 천정에 붙은 가족사진을 보며 목숨을 담보하기도 하고, 그래서 그들과 창창한 젊음을 같이 할 줄 알았다. 버려진다는 것, 못쓰게 된다는 처지는 당해보지 않고서는 그 아픈 속내를 모른다.

지금은 기관실 한구석 기름에 젖어 퇴색된 옛 기억만 몇 조각 뒹굴 뿐, 만선의 기쁨에 흥청대던 깃발도, 우렁찬 뱃고동 소리의 추억도 젊음을 불태웠던 낭만도 흔적 없이 사라지고 바닷바람과 뜨거운 햇볕에 젖은 몸체 말리기를 몇 해, 삐걱거리고 바스러지는 녹슨 몰골에도 옛 주인의 행방은 없고, 고철을 먹어 치우는 하이에나의 습격에 기관실, 조타실 모두 털리고, 그물을 걸어 올리던 갑판에 새겨진 두 줄 음계만 희미한 흔적으로 남아 파도에 밀려 삐거덕 삐거덕 울음을 삼키며 무딘 현絃으로 목선 곡조를 토하고 있지만, 염수에 젖어 부석거리는 낡은 선체는 세월과 함께 수면 아래로 점차 흔적을 감추어 가고 있다.

공연

가뭄에 시들고 갈증에 찌들어
짜증과 원성이 눈만 뜨면 하늘을 찌르더니
결국 노여움 잔뜩 담아 몇 날 며칠 퍼부었다.
이젠 하늘에 구멍이 뚫린 모양이라고
구시렁거리지만 이미 때는 늦었다.

골짜기마다 타고내린 물줄기가 흙탕물이 되어
파도처럼 휩쓸리고, 하천을 넘어 산책로까지 점령하여
점점 높이 차올라 둑방을 향하니 구청 직원이 「출입금지」
위험 표시 줄을 묶어 놓고 갔다.
풀과 나무, 뿌리째 뽑혀 떠내려 오고 판자며 플라스틱 조각, 심
지어 농구공도 떠내려 온다. 온갖 오염의 누더기 안고

일방적인 공습이 끝난 뒤
다리 난간마다 마른 쓰레기 나풀거리며 휘날리고
여기저기 할퀸 상처 남겼지만 냇물은 옛 모습 다시 찾아 흐르고
정갈한 모래와 돌무더기는 평온한 공간 만들었다.
대열을 갖추어 잔모래 굴리며 꼬리 질하는 검은 잉어무리도
물 밖으로 둥근 입 벙긋거리며 오랜만에 시린 하늘 마시고 있다.
한바탕 공연이 끝났다.

갑천 쇠백로

2부

푸른 하늘에
한가로이 떠 놀다 휘날리는
흰 구름 당겨와
그리움의 조각 짜 맞추며
무료한 졸음을 달래는데

별들의 향연

정원 위에 펼쳐진 별들의 향연
아무리 출중한 화가라도
천재적 디자이너라도
이렇듯 완벽한 구도의 표현
나타낼 수 있을까?

감찰 나무 퇴색한 낙엽
제멋대로 누운 무질서한 공간 위에
꽉 채운 붉은 단풍잎
화사한 미소와
질서정연한 모습으로 펼쳐진
별들의 연출

예상 못 한 좁은 공간에서
자연의 신비한 표현을 볼 줄이야
오묘한 무결점의 형상을 볼 줄이야

푸른 하늘도 가까이 내려와
별들의 우아한 정돈에 숨죽이며
영혼의 조화에 정신을 놓고 있다.

하늘과 통음하며

그의 화실은
계곡물 흐르는 그윽한 산기슭
소나무 그늘에 학과 사슴과 거북이
한가로운 세상을 만들고 있었다.

또 어느 날은
매화 난초 국화와 술잔 기울이며
풋풋한 몸통을 세우고
날카로운 잎을 날렵한 발레리나 허리처럼
완만하게 눕히고는
여유 있는 미소 흘리기도 했다.

고고한 화풍, 모두가 경탄하였지만
풍류 넘치는 자유분방은 세속을 밀어내고,
술과 자연의 풍치에 묻혀 유유자적
명예를 비웃는 호방함은 그를
무명 장인匠人으로 밀어냈다.

가난한 천재 화가인 그의 소식은
한참 후에 듣게 된다.
'간암으로 인한 사망'이라고
세상과 소통하지 못한 그는
오랫동안 통음痛飮하면서
하늘과 통음通音해 왔으리라.

분수 1

고추잠자리 짓궂은 물장난에도
짐짓 외면하던 하늘 그림자
하오의 아늑한 졸음 즐길 때쯤이면

사뭇 일렁이던 부풀음이 습한 입김 되어
희뿌연 물방울 토해내고
솟구쳐 펑펑 떨어져
산산이 깨어진 잔물결 바르르 떨며 퍼진다.

기진하여 흐느적거리는
환호하며 용솟음치는
리듬에 맞춰 몸부림하는 흥겨운 안무

저마다 발길을 쉬고
낡은 목책에 기댄 채
현란한 물줄기 요동에
고단한 일상 털어 내는 이
사랑의 무지개 수놓는 이
모두가 가벼운 상념에 잠기고

햇살에 부서져 내리는
간지러운 물보라는
아기의 능금빛 볼 위에
환한 웃음 날려 보내고 있다.

굽어진 척추

일상으로 굴러다니는 위선의 껍데기 속에
과연 백혈구는 존재하는가?

저 삭막한 들녘 가장자리에서
대의大意를 외치던 투사의 목쉰 절규는
바람결에 분해되어 흔적도 없고
도시에도 농촌에도 불의에 짓밟혀 허덕이다
숨이 끊어진 투사의 주검들이 즐비하다.

황금 탈을 쓰고 활보하는 불의의 무리는
오색 무지개 타고 온갖 호사를 만끽하는데
정의는 성자聖者의 교과서 안에서 아직도 숙면 중이다.

삐걱거리는 관절의 계단을 올라
달동네 쪽방 촌 함석지붕 열기에
이젠 빠져나갈 기름기마저 고갈되어
가까워진 하늘 귀퉁이는 점차 녹슬어 부스러지는데

굽어진 역사의 척추는 한사코
수술대 위에 오르길 거부하고
점점 굳어진 채로 대代를 이어가며
튼실한 기둥을 내리박고 있다.

하오의 계곡을 지나며

오늘도 일상을 떠난
들뜬 가슴 차곡차곡 담아
능선을 돌고 준령을 넘어
묵중한 체중을 꿈틀거리고 있다.

들바람 한 자락
계곡을 스쳐 수평으로
일렁이는 햇살은
차창에 부딪혀 수직으로
은비늘처럼 미끈하게 분해되고

푸른 하늘에
한가로이 떠 놀다 휘날리는
흰 구름 당겨와
그리움의 조각 짜 맞추며
무료한 졸음을 달래는데

기다림에 뒤척이던 심사는
흔들리는 산 그림자에 무심해지고
철마는 푸른 숲에 꼬리를 적시며
하오의 계곡을 전진하고 있다.

아카시아

5월 산허리
신록 사이로
하얀 신부들
주렁주렁 나타나

흐드러진 가지마다
버선 주머니 열고

긴 골짜기에
달콤한 향기
싱그럽게 흩날리면

매미 노랫가락에 취해
갈참나무 가지에
엎드려 졸던
여린 햇살 한 자락

흘러온 향기에
화들짝 놀라
코를 벌름거리며
즐거워한다.

가벼움의 미학

먼 길을 떠나는 여정
짐을 비우고 가랴, 채워서 가랴,
갈등 속에 흔들리다.
비우고, 채우고, 비우고
모순의 수레바퀴 무수히 회전시키다
결국은 가식적인 몸부림만 자리를 맴돌고

치열한 이성理性의 명분에 눌려
통 큰 결단을 미룬 채
허공에 둥둥 띄어만 놓고 있다.
통속의 끈을 놓지 못하고

여백의 미학도, 비움의 청정함도
버림의 홀가분함도
성자聖者의 이상理想일 뿐
위선의 장막 뒤에 숨어
눈만 끔벅거리고 있다.

뇌세포의 정확한 명령체계 속에서도
엔터키를 쉽게 누르지 못하는
무기력한 영혼

얼마만큼 더 비워야
저 맑은 하늘을 닮아 갈 수 있을까?
이젠 집착의 분진 훌훌 털어버리고
포근한 뜬구름의 풍요를 닮아가고 싶다.

선유도 가는 길

외롭지 않아

우리는 외롭지 않아.
무수한 발길을 등으로 헤아리며
날마다 스쳐 가는 인연도,
설렘으로 서두르는 계절의 안부도
골짜기마다 씻어오는 신선한 기별에
정담이 넘쳐흐르거든

여름철 홍수 때면 몸이 잠기고
그윽한 전설 겹겹이 쌓아가는
무명의 징검다리일지라도
우리는 외롭지 않아

흘러오는 물줄기
매일 반겨 보내지만
강으로 바다로 흘러가면 그뿐
한 번도 다시 찾아온 적 없어도
우리는 외롭지 않아

물속에 잠긴 모양새 그저 무던하지만
이름 있는 사진작가 렌즈에 담기기도 하고
어느 서정시인의 영감靈感이 되기도 하지

그래서 가끔은
좋은 작품으로 유명세 입어
널리 기억되는 행운도 있고

흘러간 물줄기 다시 오지 않아도
꼬리 흔들며 반겨주는
잉어 떼도 있고
젖은 깃털 말리며 놀아 주는
물오리도 있거든
우리는 외롭지 않아

낙엽

엄동 한파에 움츠려 버티다
얼어 터진 가지마다
쭈뼛거리던 연초록 설렘으로
새봄을 맞이하여

여름 한 철
화사한 꽃무리와 어울려
향기로운 잎새 피워 올리며
신록의 의젓함 보이더니

이제는 폭염에 얼룩진 상처
미처 아물지 못한 채

서릿발 치는 녹슨 바람에 떠밀려
찬 대지 위에 하나 둘
포개어 눕는다.

지나간 시간의 감동을
아쉬운 눈으로 되돌아보며

봄을 맞으며

겨우내 긴 추위 막아낸
두터운 커튼 활짝 젖히고
상큼하게 맞이하는
연둣빛 계절

밭이랑 지나 양지바른 언덕에
한파에 쫓겨 풀섶에 움츠렸던
여린 봄기운,
안개 속에서 서성이고

날개 깊이 접어
둥지 지키던 까치 한 쌍
봄날을 자축 하듯
곡예비행 분주한데

개나리꽃 주변 맴돌던 아지랑이
한 모금 향기 되어
시나브로 햇살에 섞여 오면

진달래 백목련 산수유
저마다 몸단장하며
봄의 향연 준비에 분주하다.

명성황후

건청궁 뒤뜰에는
철쭉꽃 불꽃놀이
번지는 불길 속에
핏빛이 서렸구나

황금 무늬 치맛자락
우아한 자태 속에
향원정 바라보며
망국한亡國恨 달랬으리

총명하고 강한 개성
침탈야욕 표적 되어
일제 낭인 칼부림
옥호루에 쓰러져

깊은 원한 못 삭이고
핏빛으로 찾아와
구중궁궐 뒤뜰에서
불꽃놀이 서러워

장가계

억만년 전
신선이 꿈꾸던 넓고 큰 땅덩어리
자연이 훼방한 붕괴로 큰 상처 그대로 남아
오랜 세월 자욱한 안개 속에 형체 감추고
적막 수행 이어온 우뚝한 자태

수 세기 지나 미몽迷夢의 신비 내려앉은
깊은 협곡과 기이한 봉우리
대륙의 음습한 골짜기 솟아
환한 햇살 수북이 쌓이니

곳곳에 보석처럼 빛나는
절경이 불쑥불쑥 등장한다.

수억 년 한결같은 산세지만
시공을 달리할 때마다
푸른 골짜기 속 찬연한 바위산

부드러운 어깨로 휘감아
신비를 감춰주는 안개의 배려
무릉도원의 경이로운 조화에
아늑하게 감겨오는 신의 숨결 듣는다.

나목裸木

짙은 안개 자욱한 새벽녘
검은 무리가 허우적거리고 있다.
종종걸음 재촉하며 뛰는 이
두 팔을 휘적이며 걷는 이

운동기구마다 개미처럼 매달려
낑낑대며 몸을 달구고 있다.
좌우로 허리 돌리고,
앞뒤로 양팔 내젓고

여명과 함께 안개 서서히 걷히면
선명한 형체로 다가와
반가운 눈빛 나누며
정겨운 인사 오가고 있다.

뜨거운 여름날,
풋풋한 향기 내뿜으며
공원을 장악했던 수많은 가로수
이젠 차디찬 나목이 되어
앙상한 가지마다 손가락 곧게 펴고
칼바람에 휘둘리며 벌서고 있다.

주변 소나무 한마디씩 하는데
'한여름 동안 하늘 높은 줄 모르고
오만을 부리더니 그 업보인가 보이,

모두리 느티나무

코스모스

늦은 여름
넓은 들녘
평화를 뿌려놓은
굼실거림의 향연.

화사한 듯
호화스럽지 않고
연약한 듯
싱싱한 자태

잔잔한 하늘거림에
따스한 미소 정겹다.

투명한 날개로
맑은 하늘
유영하던 잠자리

가는 다리 살포시 포개면
살랑이며 반기는
순정의 꽃

옛 친구를 그리며

검은 바위 언덕
노루처럼 넘나들던 친구야
멀리 펼쳐져 번들거리는
밤바다에 벅찬 꿈을 띄우고

탁주 사발 기울이며
니체와 쇼펜하우어 비평의
설익은 주장에 밤새우던 여름밤과
국립극장 언덕 오르며
"안개 낀 장충단 공원"을 흥얼거리던 친구야

고단한 하루마다 뱉어낸 푸념
산 오르며 내뱉던 가쁜 숨결이
지금도 생생히 느껴오는데
예전 저 소나무 그늘
낙엽에 묻힌 낡은 기억을
시간의 잔해들이 자꾸만 파헤치고 있구나

이제
그 목소리 들을 수 없고 얼굴도 볼 수 없으니
앙상한 나뭇가지에 얹혀있는
노을 속에서 너를 찾고 있다.

역사 앞에서

수십 리 밖에서 터지는 포성과 섬광으로 모두 몸을 벌벌 떨었더니 함포사격이라 했다. 귀를 찢는 굉음에 놀라 마루 밑에 들어가 이불 뒤집어쓰고 땀을 뻘뻘 흘리며 숨었다. B-29 전투기라 했다. 한국전쟁의 무더운 6월,

완장을 찬 10대 후반의 청년들이 지주 노인을 묶어서 끌고 왔다. 꿇어 앉혀놓고 무어라 몇 마디 하더니 몽둥이로 후려치니, 그대로 기절해 버렸다. 그들은 좌가 무엇이고 우가 무엇인지나 알고 있었을까. 또 부르주아가 무엇인지도…

면장을 지낸 친구 아버지도 초등학교 운동장으로 끌려 나왔다. 모자를 깊이 눌러쓴 사내들이 연단에 올라와 죄목을 나열하자 동원된 사람 중 누군가 '반동분자 처단합시다' 하고 선동한다. '우리 아버지 살려 주세요' '우리 아버지 살려 주세요' 친구 형제들은 사람들마다 쳐다보며 애타게 울부짖었다. 그러나 동원된 사람들은 각본에 따라 소리 지를 뿐 그들은 영혼이 증발한 허깨비, 허깨비 무리였다.
친구 아버지는 초췌한 얼굴로 흰 바지에 묻은 흙을 손등으로 몇 번 털어 냈다. 잠시 후 자신의 운명을 모른 채,
탕! 탕! 그들의 인민재판은 끝나고 사람들은 뿔뿔이 헤어졌다.

60년이 훨씬 지난 지금, 길은 넓혀졌고, 논과 밭은 크게 모양을
바꾸지 않고 그대로인데, 그들의 후손들은 단절된 사유思惟의
깊은 강물에 희석되어, 좌는 우로, 우는 좌로, 사실은 우도 좌도
아닌 이념도 사상도 없는 무뇌증無腦症 환자들,
역사 앞에서 읽게 되는 아이러니.

고향집

풍요와 빈곤

한여름 목마른 가뭄 지속되자, 눈만 뜨면 하늘 쳐다보고 나랏님.
기우제 타령하며 저마다 시원한 비를 애타게 갈망하더니 며칠간
폭우 쏟아 부어 소원 풀어 주나 싶어지자, 하천이 범람하고 산책
로 침수되니 해도 너무한다고 원성이 자자하다. 인심이 천심이
라지만, 이렇듯 손바닥 뒤집듯 며칠 사이 생각이 바뀌어 원망하
다니, 하늘도 참 피곤하겠다.

다시 긴 가뭄으로 물줄기 마르고 하천이 황갈색 마른 배통 내놓
고 하늘 향해 누워 있다면 얼마나 삭막할까? 또 물길 찾아 헤매
던 잉어 떼는 어느 돌 틈에 머리 처박고 숨을 거둬야 할지

오후 시간이 되면 TV 화면마다 경쟁적으로 하나같이 먹방 프로
그램 일색이다. 기름지고 푸짐한 음식 게걸스럽게 먹고 많이 먹
는 것을 개선장군 마냥 자랑스럽게.
같은 하늘 아래 어디선가는 허기진 배를 움켜쥐고 눈물 젖은 한
끼를 갈망하는 사람도 있을 테고, 물기 없는 마른 하천을 걸으며
마른기침에 괴로워하는 사람도 있으리니
목마른 어제의 간절함을
넘쳤던 어제의 두려움을
가슴에 담아 넘치지 않는 하루하루 살아야 하지 않을까 싶다.

한려수도

대전천 징검다리

3부

잠든 도시엔 질주하는 차량이
가로수 사이로 살아 움직이고
강변에 늘어선 가로등도 물안개 속
희미한 눈꺼풀 차츰 내려앉고 있다.

북극곰의 비애

어린 새끼 이끌고
뚜벅뚜벅 걷는 다리가 무겁다.
눈과 얼음에 묻힌 광대한 대자연 속에서
그 어미, 그 조상 대대로 살아온

수억 년 동안 한 번도 녹지 않았던
얼음 평원이 나날이 줄어들고
멀리 아득한 만년설마저
검은 바위산으로 변모해가고

여름엔 해가 지지 않고
겨울엔 해가 뜨지 않는 북극은
하루하루 찬 눈물을 흘리며
벼랑 끝에서 신음하고 있다.

사라져가는 삶의 터전
빠른 속도로 녹아 없어지는
빙하를 바라보며 불안에 떨면서도

체념에 익숙해진 북극곰은
작은 유빙 위에서 새끼의 흰털을 핥으며
거친 입김 연신 뱉어내고 있다.

물방울

맑은
물방울 하나

지구를 담아
대롱거리다

유리 쟁반에
톡
터지며

쏟아지는
오색 무지개

실의失意

가슴 깊숙이 간직한 기대와 긴 시간 지켜 온 설렘이
기다림에 지친 갈증이 되어 사라진
숱한 아쉬움의 조각은 불신으로 뒹굴다
한숨으로 남아 심장 한구석, 차곡차곡 포개지곤 했다.

가끔은 차디찬 폐부에 한 줄기 따스한 정으로 다가와
구석진 방마다 덥혀줄 때도 있었지만 잠시,
형체마저 검은 모래바람 속에 묻히고 펄떡이던 심장도
식어버린 채, 칠흑 같은 어둠, 출구조차 없는 동굴 속에서
한줄기 햇빛을 갈망하다 겨우 고개를 들어보면
희미한 달빛만이 찬웃음을 흘리며 사라지고

실망은 오직 한 가닥 바람만을 잃는 것이지만
실의는 삶의 의욕 속에 촘촘히 내재한
여린 세포들의 소중한 꿈인, 간들거리는 한 줄기 불빛마저
송두리째 묻혀 버린다는 아픈 현실을
세상은 무관심 속에 하루하루 밀어 보내고만 있다.

야윈 영혼을 보듬어 일으키려는 허기진 상념조차
방향을 잃고 이곳저곳 헤매다
이방인의 발길처럼 낯설게 머물러 보지만 결국은
명분만 남은 배반의 영역임을 뒤늦게 알게 되었다.

연못 풍경

한여름 동안
흐느적거리다가
용솟음치던
분수대 빈 가지에
하오의 햇살은 졸고

넓은 연못 배회하던 잉어 떼는
먹이 뿌리는 소년의
손 그림자에 놀아나는데

응원단장 손동작에
파도타기 연출
지휘봉 방향 따라
물결치는 율동
주둥이 마다 쳐들어
벙긋거리고

한가로운 소금쟁이
긴 다리로 두어 번 휘저어
꺾인 갈댓잎 밑으로
숨는다.

잃어버린 도심

〈오케이 목장의 결투〉 그 총성의
여운과 함께 영화관 빠져나오는
요란한 발걸음 소리 아직도 귓전에 저벅거리고

공설시장 긴 골목엔 온종일
왁자지껄 큰 소리 뒤섞여
붐비며 생기 넘쳐났는데

크리스마스 전야엔 거리마다
해방을 맞은 군중처럼
젊은 도심이 온통 출렁거렸고

80년대 민주화 운동에 쫓기던
돌멩이, 각목 부스러기는 아직도
가로수 주변 맴돌고 있는데

긴 잠에서 깨어날 줄 모르는
삭막한 도심都心은
흥청거리던 옛 모습 잃어버린 채
철 지난 해수욕장 텅 빈 귀퉁이에
흰 거품으로 부서져 내리는
외로운 파도의 모습으로 남아 있다.

분수 2

뽀오얀 안개비 속에
풋풋한 여인의 가지런한 생머리

낭창거리며 살랑 대다
햇살에 부서져 사라지고

간드러진 음률에
무희舞姬의 허리 놀림은

요염을 흘리며
반원으로 흔들거리다
뚝뚝 떨어져 눕는다.

돌연 밀려오는
장엄한 선율에 놀라
솟구쳐 펼쳐진 폭죽은

긴 포물선을 그리며
오색 조각으로
조용히 물속에 잠긴다.

푸른 수맥의 환상

한 뼘 깊이만 헤쳐도
맑은 샘물 솟구쳐 오르던
옛 환상 속에 흠뻑 젖어든다.

주체할 수 없이 펑펑 솟아 나와
푸른 물줄기 뻗친 곳마다
풍족하게 적셔주었는데

묵은 계절 동안 녹슨 바람이
긴 시간 휘몰아 흘러간 이후
수맥의 흔적 아득해져
깊게 더 깊게 굴착해 본들
방전되어 기력이 쇠진한 대지의 맥은
영영 회복될 기미를 찾지 못하고

그 넘치던 감흥과
설익은 시상詩想은 다 어디로 갔는지
굳어진 실핏줄은 접혀진 시간의
주름살 사이에서 파닥거리고
진한 갈증에 지워지지 않는
푸른 수맥水脈의 환상만 어른거릴 뿐

메마른 그림자

약수터 오르는 계단마다
여름의 허물 뒹굴고 있다.

태풍 휘몰아 지날 때도
수마트라 섬 쓰나미의
바다 건너 소식쯤으로 흘려버리고

사막을 날아온 열기에
온 땅덩어리 후끈거려도
매미 노랫가락에 유유자적했었지

연두색 속살 뻗어 얼었던 마음 녹여주고
진초록 튼실한 사지 펴서
풍성한 휴식의 그늘 베풀더니
상강霜降의 텃세에는 견디기 어려웠나 보다

마지막까지 버티던 나뭇잎
말라 비틀어져
한결 바람에도 너덜거리는
잊혀진 시간 속의 메마른 그림자

도시의 밤

강물에 비치는 도시의 그림자
조용히 흔들리고
불빛 번들거리며 흩어지고 있다.

휘황찬란한 네온등 겹겹이 불야성 쌓아
회전하는 무대 위로 쏟아지는
별들의 향연,
그 열기 높아질수록 뜨거워진
향락의 도심은
넓은 심장 한껏 벌렁거리는데

언제나 쾌락은 물거품 같은 것
향연의 장막 뒤엔
바람 빠진 풍선만 널브러질 뿐
헐떡이는 문명의 숨결은 곧 차가워진다.

잠든 도시엔 질주하는 차량이
가로수 사이로 살아 움직이고
강변에 늘어선 가로등도 물안개 속
희미한 눈꺼풀 차츰 내려앉고 있다.

부풀어 오르던 정적 잠시 숨을 멎으면
달빛 뿌옇게 내리는 회색 하늘 저편
미동도 없이 껌벅이던 하얀 별 하나
을씨년스런 밤공기를 뚫고 추락하고 있다.
긴 포물선을 그리며

갑천

화석식물

귀족스런 기품, 고고한 자태로
주변 부러움 속에 깊이 뿌리 내려
흙 벌레와 정 나누며 살아온
수십 년

백악기 공룡시대를 지나온
살아있는 화석식물로
북미대륙 거쳐 양자강
어느 언덕에선가
이 땅에 정착한 풍치목은

훤칠한 체구에 푸르름 뿜어
여름이면 녹색 그늘로,
가을이면 적갈색 단풍으로
그 위용 한껏 뽐내던
측백나뭇과 메타세쿼이아

그러던 어느 날인가
생뚱맞은 아파트 벌목 작업으로
몸통 잘려 실려 나가고
밑동은 검은 비닐로 덮여

흙으로 묻혀 버린 참사가
휩쓸고 지나갔다.

거목의 처형장에서는
한동안 잘린 발목 붙들고
통한의 긴 밤을 적시며.
어둠속 생명의 몸부림,
욱신거림이 있었으리라.

이제 푸른 숨 내뿜던 거목의 흔적 사라지고
땅속 깊이 육신을 삭이며
서서히 화석化石으로 돌아가고 있다.

담쟁이덩굴 단풍 들었네

초겨울 시립도서관 담벼락에
가냘프게 붙어 있는
두 줄기 담쟁이덩굴

여름의 무성한 계절 놓치고
한랭한 하늘 아래서
살아갈 수 있을까?

풀과 나무들은 좋은 시절에
햇볕 넘치도록 받아먹고
겨울 채비에 열심인데

굵은 나무줄기나,
습기 많은 바위조차 찾지 못하고
메마른 담벼락에 엎드린
가냘픈 담쟁이덩굴

찬바람 한 가닥에 으스스 떨며
수줍은 듯 불그스레
벌써 단풍 들었네.

친구 1

오늘도 정에 목말라 전화를 들면
습기 충만한 목소리 바다 건너 다가온다.

건강 안부 서론으로 흘리고
뻔한 일상사 몇 구절 넘기면
시간이 지날수록 잊혀진 통점痛點들이 솟아 나온다.
번창하던 사업 실패로 낙향,
술과 함께 낙도 생활 몇 년,

잔물결 찰싹거리는 해변에 앉아
고요가 넘실거리는 먼 수평선에
초점 없는 눈을 맞추고 있을
그의 심사를 가늠해본다.

삶의 시련에서 얼룩진 시간들은
부드러운 모래 속에 토닥토닥 묻고
지족상락知足常樂하리라고

이제는 한껏 가벼워진 두 어깨
무수히 펼쳐진 생존의 진행형
넓은 가슴으로 포용하자며
의기투합 전화를 놓는다.

새로운 출발

깊은 늪 속에 꽂혀버린 침몰선
오랜 세월에 짓눌려 형체라도 남아 있으랴

기약 없이 묻혀있기엔
하늘이 너무 푸르고
열대어 활기찬 군무群舞조차
막연한 설렘을 부추기리니
선체에 뒤덮인 침전물
달라붙은 이끼도 훌훌 털어버리자

우렁찬 팡파르 속에 물살을 가르던 감동
갈매기 앞세워 대양을 누비던 낭만
힘찬 기적소리에 꿈틀대던 근육의 맥박
아직도 선글라스 가득 투영되는데

해조류 너울거리는 율동과
소라의 모래 굴리는 소리
내밀한 고요는 벗어던지고
출렁이는 파도 위로 우뚝 솟아오르라

새로운 항해를 위해
새로운 출발을 위해

향가

촛불 잔치

외롭고 그늘진 공간 지키며
인고의 시간 쪼개느라 상처 난 가지
앙상한 그대로

백두대간 스쳐 내려온 세찬 바람
분해된 마른 낙엽 휘몰아 갈 때에도
가냘픈 몸뚱이는 건조한 침묵을
삼키고 있었다.

이삿짐 트럭 몇 번 오가고
흰 눈도 몇 번 휘날리며
한파의 칼날 스칠 때마다
검은 패딩*의 가느다란 움츠림이
있었을 뿐인데 이젠
좁은 영토에도 푸른 반란이 꿈틀대고

밀려온 계절의 온기가 마냥 재촉하지만
하얀 속살 감추며 망설이고 망설이는 이유는
따로 있었으니
찬란한 목련의 촛불 잔치를
준비하고 있었기 때문이다.

*패딩(padding): 솜이나 털을 넣어 누빈 점퍼

고독한 성자

어두운 공간 밝히기 위하여
천형을 숙명으로
한밤 내 차디찬 영역 지키며
뜨거운 눈물 뚝뚝 흘려야 하는가?

육신을 녹이는 인고忍苦의 시간
적막 속 어둠을 지키며
침묵의 불꽃으로 사라지는
결백한 몸뚱이

외로움도 이젠 의미를 잃고
다비茶毘의 불길 속에
엄숙히 산화하는
고독한 성자聖者

대나무

강한 뚝심과 유연한 낮춤의 지혜를 겸비한 대나무, 거센 바람에
도 꺾이지 않고 버티는 비밀은 속을 비워 겸양의 덕을 간직한 때
문이리니 자연의 혹독한 시련과 대적할 적마다 인고의 매듭이
켜켜이 이어져 거센 바람도 견디어 내는 것이 아닐까.

혹여, 대나무의 겸양과 유연성을 가볍게 보고 함부로 다루다간
큰 코 다친다는데, 옛 충신들의 대쪽 같은 절개는 이미 군자의
지조로 인정받은 지 오래이고, 학동들의 엄벌에 대나무 회초리
가 한몫을 했다는 것은 누대의 체험담 속에 남아 있고, 궁사들의
활시위는 수많은 전장에서 유용한 무기로 그 위력을 톡톡히 보
여 주었으니, 안시성 전투에서 양만춘과 당태종의 전설이 누누
이 기억되고 있을 터.

그렇다고 너무 강성으로만 볼일은 아니다. 퉁소와 피리로 변신
하여 풍악 연주에 일등 공신으로 등장하여 때론 흥겹고, 때론 애
절한 음색으로 인간의 감성을 움직여 흥을 돋우고, 소슬한 심경
을 달래주는 하늘의 소리를 만들어 내나니, 묵향 촘촘히 박힌 붓
대는 기라성 같은 시인, 묵객의 손아귀에서 일필휘지一筆揮之의
名言 名詩가 살아 꿈틀거리고, 그윽한 산수의 절경을 탄생시키
기도 한다는 사실, 그렇다면 대나무는 문무를 두루 겸비한 大나
무임이 틀림없다.

지구는 둥글다

마라도 최남단 바윗돌에 앉아 멀리 가물거리며 누워 있는 수평선 끝자락을 바라본다. 오랜 옛날 수평선 끄트머리는 낭떠러지일 것이라는 주장과 지구는 둥글기 때문에 낭떠러지가 아니라는 주장이 서로 맞서 이론이 분분하고 종교재판까지 있었다고 하는데 가만히 생각해 보면 도긴 개긴 아닐까?

낭떠러지는 눈에 보이지는 않지만 연결된 물줄기에 분명 경계점이 있으리라. 착시현상일 수도 있겠고, 그러나 흡인력 즉 만류인력, 이로 인하여 중심으로 끌어당기는 힘으로 물줄기가 연결되며 둥글게 보이는 게 아닌가. 또 질량을 가진 물체 주위의 공간은 구부러진다는 이론도 있다. 유식하게 표현하자면 중력질량의 법칙이라던데,

그렇다면 뉴턴이나 아인슈타인 또 갈릴레오나 코페르니쿠스의 이론이나 낭떠러지가 있다는 주장이나 도긴 개긴 아닌가? 쉽게 생각하면 쉬운 듯도 하고 어렵게 생각하면 머리가 몹시 아프다.

길게 누워서 멀리 가물거리던 수평선이 화가 났는지 갈기를 세우며 달려온다.

수통골

4부

젊은 계절 맑은 햇살 아래
시원한 바람 휘감고
그윽한 꽃향기, 청정한 새소리에
가뭇없는 푸르름만 알았는데

미로

난해한 시는
난해한 시인이 가장 즐기는 텃밭인가 보다.
작가는 자유롭게 감명 주는 시를 쓰면 되고
독자는 가볍고 부담 없이 읽으면 되고
그래서 감흥을 갖게 되면
서로 소통하며 친해지지 않을까?

애매하고 신비롭게
낯설고 엉뚱하게
모순과 역설의 표현으로
미로迷路 구축을 잘해야 한다며
평론가는 퍼즐을 맞추고
상형문자 해독해서
합리合理를 더해 극찬하겠지만,

쉬운 공감을 찾아
아름다운 서정에 목말라하는 독자는
먼 곳으로 더 먼 곳으로 발길을 돌리고

결국 난해한 시는
각자도생各自圖生인가?
자유방임自由放任인가?

오일장

하오의 오일장은
무더위 속 홍시처럼 무르익어간다.

막걸리 몇 사발에 허기 채운 노인들
흐느적거릴 때마다
흔들거리는 비좁은 장터

울긋불긋 과일 상
비릿한 해산물 상 지나
풍성한 채소 가게 비집고 나오면

골목 귀퉁이
엉덩짝만큼 좁은 공간은
굽고 고단한 손마디로 펼쳐지는
할머니들의 영역

천막 매장엔 들어가지 못한
고추, 가지. 오이가
햇살 촘촘히 담아
하오의 오일장을
구부정하게 지키고 있다.

낙엽 비

늦가을 어느 청명한 오후
서늘한 녹색바람 한자락 흐르더니
후두득 정적을 깨며 휘날리는 낙엽 비

푸른 날들
천둥 번개 요란할 적에도
싱싱한 잎새 펄럭이고
수북이 쌓인 햇살 일렁이며 즐겼는데

해와 달 그리고 별빛의
늦가을 아쉬운 인연 힘겹게 버티다
마른 수족 비틀며 흩날림은

젊은 계절 맑은 햇살 아래
시원한 바람 휘감고
그윽한 꽃향기, 청정한 새소리에
가뭇없는 푸르름만 알았는데

아슴아슴 사라져가는 시간의 흔적 속에
묵은 숲의 숨결을 싣고
외로움 뿌리는 낙엽 비

노거수

공실空室

산책할 적마다 스치는 억새 군락지
여기저기 무리 지어 몇 군데 자생하고 있지만
유독 몽골식 게르를 옮겨온 듯한 싱싱한 갈색 무더기
출입구도 없는 그 속내가 궁금하다.

옛적 보리밭을 눕히며 청춘사업 일삼던 그 후손이
천혜의 요새로 활용하고 있지는 않을까?
그 흔적이 궁금하다.

아니면 검정 띠무늬 능구렁이 부부의
들쥐 사냥을 위한 아지트일까?
움직임조차 없으니 도무지 단서를 찾을 수 없어
그 흔적이 궁금하다.

주변에 물오리가 있고 청솔모도 있는 것으로 보아
혹여 족제비 가족 서식지는 아닌지
그 흔적이 궁금하다.

그 크나큰 형체 속에 거주하는 주인은 누군지
억새 숲의 은밀한 공간이 궁금하다.

그러던 어느 날 예초제草 작업이 시작되었다.
예초기의 날카로운 칼날에 억새 밑동 잘려 나가고
맨땅이 드러났다.
그런데, 빈 공간에 무언가 살았던 흔적 전혀 보이질 않는다.
아무도 살지 않은 공간으로 드러났다.
오랜 궁금증에 봉인된 머릿속이 갑자기
공실空室이 되어버렸다.

남해바다

바다와 모정

바다는 어머니의 깊은 마음을 담고 있다.
한없이 넓은 가슴으로 품어주기도 하지만
자연의 냉혹함을 가르치는 엄격함도 있다.

거친 파도 성난 얼굴 뒤엔
부드러운 육질 비비며
곱게 쌓아 만든 포근한
모래가 있고

솟구쳐 밀려오는 사나운 물결 뒤엔
햇살 초롱초롱 빛나며
속살 뒤척이는 유순한
모래도 있다

억겁 시간 출렁이며 용암의 토악질에
수없이 뒹굴다 부서지고
그 잔해로 남아

세찬 물살에 상처받은 통점痛點들을
따스한 체온으로 찰싹찰싹 다독이는
모정을 본다.

구림리 가는 길

4월이 익어가는
구림리鳩林里 가는 길

끝없이 늘어선 벚꽃 행렬에
흐드러진 꽃무리 아치 동굴 만들고

아늑한 동화마을 불을 밝히면
춘풍, 숨결 따라 출렁거린다.

산 넘어 흘러온 시샘 바람에
연분홍 웃음꽃 정겹게 날리고

맑은 햇살 한 줄기 가까이 내려
흩날리는 꽃눈개비 흐뭇하게 지켜본다.

꽃구름 넘실대는 구림리 가는 길
왕인 박사 높은 학덕學德 널리 퍼지듯

향기처럼 해맑은 미소 머금고
조각조각 휘날리는 순결의 꽃길

바람의 희롱

길 양편으로 측백나무 대열
질서정연한 정돈 끝나면
근엄한 사열 시작된다.

보무당당하게 뚜벅뚜벅 걸어오며
입을 굳게 다문 위용에
긴장한 나무들 숨을 죽인다.

갑자기 걸음 멈추고
돌아보는 눈초리에
쭈뼛 내민 나뭇가지 하나
흠칫 놀라 바르르 떠는데

지나가던 바람 한 줄기
나뭇가지 붙들고 희롱하다
언 듯 언덕 뒤로 숨는다.

바다 이야기

솟구쳐 바위에 부딪히는
결마다 멍든 조각은
때론 잔잔한 미소로
때론 야수의 울부짖음으로

끊임없이 출렁이며 지켜온
치열한 생존의 흔적
불멸한 태양의 보살핌으로
무수한 생명 잉태하고

슬픈 전설의 실타래를
무지갯빛으로 토해내기도 하며
모래언덕 드넓은 품속에
무시로 포근히 잠기곤 한다.

심해의 은밀한 언어 오가며
태고의 무거운 침묵 벗겨질 때에

가끔 무거운 한숨 소리
짭조름한 해조류 사이에 흘러나와도
무심한 물고기 꼬리질은
한가롭기만 하다.

눈밭에서

눈발 자욱이 쏟아지는 적막 속에서
공포에 질린 토끼처럼 가쁜 숨 몰아쉬며
홀로 빈 들판을 걷고 있다.

꽁꽁 언 하늘은 천지간에 널브러진
거짓과 위선에 포장된
추악한 온갖 허물 통째로 덮으려는 듯
경건한 눈 세례 소복이 내리고

찬바람에 구르던 낙엽은
서서히 짓눌리는 위압감에 숨죽이며
잎을 떨군 참나무 가지도
하얀 무게 보듬고 침묵하는데

누가 백색의 심판을 거역할 수 있는가?
산과 들, 나무와 바위
모두가 순백의 성역聖域에 갇혀
참회懺悔에 떨고 있으련만

아직도 나는 가득한 허물 떨쳐버리지 못하고
흰 눈송이만 털어내고 있다. 이렇듯
순수가 충만한 의식儀式에 동참하지 못하고,

연鳶

마알간 하늘
마른 들녘
마지막 가을의 공간

가슴을 열고
풀내음 스쳐 간 허공에
연을 띄운다

추수 지난 앙상한 산등성 지나
산봉우리 봉우리마다
넘실거리며

허허로운 심사를 담아
지난 계절의 아쉬움 흩날리고

수직의 중심을 지키며
한랭한 기류 속을 헤엄치는
무심한 연은

연둣빛 봄을 준비하는
바다 건너 남쪽 하늘을
연신 기웃거리고 있다.

아직 아니라니까

강추위 지나
수은주 변덕 탓일까 ?
정원수 주변 여린 풀들이
연초록 머리 쳐들고
빼꼼한 눈으로
하늘과 눈을 맞추려 애쓴다.

입춘 우수 지났다지만
아직 눈보라 추위가
몇 번은 더 찾아올 텐데

'아직 아니라니까'

아침 커튼을 올릴 적마다
눈짓으로 말려도 막무가내다.

봄을 만나기 전에
어린 싹이 상처 받을라
걱정이다.

'아직 아니라니까'

하얀 사랑

이른 아침
포근한 나부낌 감상하려다
깜짝 놀란다.

늘 서 있던 소나무 자리에
순결한 모습의 하얀 신부

아ー 눈 내리는 대지 위에
하얀 면사포 머리에 얹고
누구를 기다리고 있을까?

태산준령 뻗어 내린 넓은 구릉에
대대로 뿌리 맞대고 살아오며
귀 따갑게 들어온 옛 전설의 기억

금강송 찬 몸뚱이에
혈관 깊숙이 맑은 피 흐르고
푸른 심장 곱게 두근거림은

순백 내려앉은 그윽한 산언덕에서
뚜벅뚜벅 찾아오는 헌헌장부 맞이하여
하얀 사랑 고백하려나 보다.

상처 난 모과木瓜

잘생긴 얼굴은 아니지만
쉽게 사귀기도 힘들지만
지내볼수록 진국인 사람이 있다.
과일전 망신을 시킨다는 모과는
다른 과일처럼 제 속살을
시원시원하게 진상하진 않지만
두고두고 그윽한 향기로 주변을
기분 좋게 한다.

배나 사과는 꽃이 필 때부터
주인 관심과 달콤한 햇볕 흠뻑 받아먹고
해충 벌레 범접할세라 약도 뿌려주고
주렁주렁 열매 열리면 흐뭇한 칭찬 일색이지만
못생긴 모과는 있는 듯 없는 듯
아무 관심 못 받고 홀로 열매 맺고
홀로 키우며 팔목이 아프면 낙과도 한다.

때깔 좋고 싱싱하고 먹음직스러운
과일은 쉽게 부패하지만
모과는 오랫동안 향기 날리며
세상을 청정하게 한다.

상처 난 모과를 어루만지며
묵묵히 성숙해온 시절 위로도 해주고
밝고 청정한 세상을 그려본다.

구봉산 가을

조경석 造景石

뜨거운 용암 치솟아
지층을 뚫고 올라
한동안 차디찬 바다 덮으며
뭇 생명의 생멸生滅 지켜보았고

짭조름에 잠겨, 온갖 해조류와 살 섞이며
억겁 시간 속에 무늬 쌓아왔는데
다시 지각 변동을 만나게 되었다.

충만한 물줄기 다 흩어지고
우뚝한 해변에 자태 나타내니
허구한 날 비바람 눈보라에 몸 씻기며
뜨거운 태양 아래 떠나보낸 인고의 시간들

심산유곡 스쳐온 시원한 바람 속에
풀잎이 감아올리는 푸른 숨결과
햇살 수북이 쌓인 체온 비비며
아늑한 공간에 겨우 뿌리 내리나 했더니

또다시 세월의 흔적을 쫓는 인간의 탐욕에 소환되어
문명의 어지러운 불빛 속에 엎드려
검푸른 어둠의 적막을 그리워하고 있다.

아 숭례문

민족 혼 지켜온 육백 년
임진 병자 양란도 비껴가고, 6·25동란까지 버텨온
관악산의 화기 막고, 오덕五德의 예禮를 지켜온
국보 1호, 현존 최고最古의 목조건물

아— 누가 알았으랴, 얼빠진 후손의 광란으로
화염에 몸부림치다 몸부림치다 잿더미가 될 줄을

두 눈을 부릅뜬 혼령을 보았는가
누각에 우뚝 앉아 나라 걱정
낮이면 소음과 매연에 신음하다가
밤이면 충혈된 눈물 훔치던

이 땅에 문화는 살아 있는가?
이 땅에 문화재청은 있는가?
이 땅에 서울시는 있는가?

목이 갈라지도록 통곡한들
머리 풀고 엎드려 석고대죄한들
못난 후손 업보 사라질 손가
아— 이제는 누가 지켜줄 것인가
텅—빈 서울의 밤을

침묵의 세계

포근한 산기슭에 자리 잡은 요양원엔 밤과 낮의 구분이 없다. 눈을 뜨면 낮이고 눈을 감으면 밤이다.

이곳은 바람 소리도 피해가고 부스럭거리는 소리조차 듣기 어렵다. 껍질만 남아 여러 겹으로 구겨진 창백한 얼굴들이 침대에 기대어 퀭한 눈으로 창밖을 바라보지만 찾는 것은 아무것도 없다. 아무런 생각도 없다. 모두가 입을 닫은 채 침묵으로 시간만 쫓고 있다.

고요가 바위처럼 누르고 미동도 없는 숨 막히는 공간
마음에서 멀어진 숱한 시간의 잔재만 풀풀 날리고

살아온 세월 동안 할 말은 다 쏟아버리고 생각의 창고, 말의 창고가 텅 비어 빈 창고만이 적막을 지키고 있다. 적막함도 공포가 되고 형벌이 될 때가 있다. 그래서 지겹던 차 소리도 이곳에선 무척 그리워진다.

해는 중천인데 눈을 감으면 또 밤이다.

행복 계획서

돼지꿈 꾼 다음 날 복권을 샀다. 그것도 황금 돼지꿈이다. 당첨금이 이월되어 일백억 원이 넘을 거라고, 처음엔 도무지 실감이 나지 않더니 점점 인생 역전이라는 단어가 이렇게 실감나게 다가오다니.

그런데 당첨자 대부분이 전보다 더 불행해졌다는 통계가 있다네. 외국은 물론 국내에서도 대부분이 뒤가 좋지 않다는데, 그것도 사람 나름이겠지 하고 자위해보지만, 내가 그 대부분의 범주에 들어가지 않는다는 확실한 보장도 없잖은가? 불행을 막기 위해서 행복 계획서를 만들었다. 우선 90%는 가난과 병마와 싸우는 불우한 이웃을 위해 기부한다. 소아암 환자, 심장병 어린이, 불우한 노인, 다문화가정 등… 호스피스병원에서 죽음을 앞둔 환자들이 하는 가장 후회되는 말 가운데 '많이 베풀걸' 하고 참회한다는 얘기도 들었던 기억이 난다. 베풀기에 가장 좋은 기회 아닌가?

나머지 10%는 나를 위해 쓰기로 했다. 가족과 함께 북유럽, 남태평양, 지중해, 크루즈 세계여행도 하고, 가까운 친구들과 취미활동 즐기며 평범한 일상을 살기로 했다.
만약 황금 돼지꿈이 적중하더라도, 이제 행복할 일만 남았다.

홍도

5부

차곡히 쌓인 상념과
얽힌 삶의 타래를
담담하게 한 가닥씩 여미며
흔들거리고 있다.

여정旅情

들뜬 표정의 군상群像들
왁자지껄 소리 가라앉으면
물 흐르듯 미끄러져 구르고

저마다 담아온 숱한 사연을
그립고 정겨운 기다림 속에
다가올 설렘으로
애써 누르고 있다.

포근히 엎드린 산비탈 지나
심장 풀어헤친 논두렁은
녹색 바람 헤치며
앞 다투어 사라지는데

차곡히 쌓인 상념과
얽힌 삶의 타래를
담담하게 한 가닥씩 여미며
흔들거리고 있다.

차창 밖으론
귀먹은 시간만 유유히 흐르고

허물을 벗어던지고

오랜만에 옛 친구들 중화 요릿집에 모였다.
세월의 무게에 눌린 후줄근한 어깨지만
비루한 일상 던져 버리고
오늘은 한층 가벼워 보인다.

TV 뉴스 속 한심한 세상,
화두의 근원이 진한 윤곽으로 다가올수록
심장 깊숙이 절인 언어들을 토해내며
열띤 공방 속에 왕년의 기세 잠시 등장하지만
곧 부질없음을 안다.

체념에 익숙한 영혼들은
낡은 시간의 태엽을 감으며
깊숙이 간직한 흑백사진을
한 장씩 지우고 있다.
고량주 술잔은 대책 없이 비워지고

흰서리 내린 머릿발엔
고단한 흔적 친숙하게 다가오지만
이제는 한 겹씩 허물을 벗어 던지고
점점 가벼워지자고 잔을 부딪친다.

역류逆流

탄천 징검다리 주변에는 가끔
어린 물고기 떼의 유영을 볼 수 있다.
좌로 우로 이동하며 거센 물살에
꼬리를 힘차게 흔들며 역류하고 있다.

새들은 둥지를 떠나 첫 비행을 할 때
어미가 시범 비행을 보여주며
가까운 곳부터 점차 멀리 날아오르는
연습을 반복하는데

어린 물고기는 태어나자마자 홀로
흐르는 물에서 역류 유영부터 배운다.
순리에 거스르는 일이라고 나무랄 일은 아니다.

세찬 물살에서 잘못하다가는
언제라도 멀리 떠밀려
생이별 할 수 있기 때문이다.

그래서 어린 물고기들은
흐르는 물속에서 끊임없는 역류를 배우고 있다.
어린 물고기의 역류

봄을 기다리는 병마용

앙상한 가지 마른 잔해만 남아
칼바람에 휘둘리다 얼어버린 영토엔

결빙과 해동의 무수한 희롱 속에
결국, 두꺼운 무게 밀어내고
균열 사이로 터져 나오는
몸부림이 있었다.

연두색 투구 치켜들고
왕릉을 지키는 병마용兵馬俑의
웅성거림이 분명하다.

살벌한 동장군冬將軍 위세에도
비장한 기운으로
그들의 계절을 노리는
푸른 병사들은

묵은 대지의 하품 속에
졸린 눈으로 피어오르는
아지랑이의 투명한 봉화를
기다리고 있다.

이뭣고다리

속리산에 가면 이름이 고약한 다리가 있다
구름에 쌓인 이상향으로 불리는 신령스러운 명산,
'산은 세속을 떠나지 않으나 세속은 산을 떠난다'는
옛 시인의 시구詩句처럼, 속세를 멀리 벗어난 속리산
법주사에서 문장대에 이르는 길목에 자리 잡은 얕은 다리

행자 스님들 몇 달 동안 온 힘을 다해서 만든 다리
이리저리 살펴본 주지 스님, 대갈 호통이라
'이 뭐꼬, 이걸 다리라고 만든 건가! 이 뭐꼬'
행자 스님들 그 지청구 못 잊어 명명하기를 '이뭣고다리'
라고 해서 생긴 전설인 줄 알았더니,

해탈과 윤회 사상이 담겨 있는 깊고 깊은 뜻이 있을 줄 이야
전생에 나는 무엇인가? 인간인가?
소, 돼지 같은 가축인가? 새, 비둘기 같은 날짐승인가?
벌, 나비 같은 곤충인가? 전생의 나의 참모습은 무엇인가?
고뇌에 찬 의제疑題를 되뇌며 참 나를 깨닫기 위해
수없이 오고 갔을 수행승의 발걸음이 어른거린다.

'이뭣고다리(是甚麼橋)'

평창의 아침

한밤 내내
무거운 적막으로 짓누르더니
여명을 기다려 온 누리를
소복으로 갈아입혔네.

소담스럽던 전나무는
후덕한 여인의 뒷모습 닮아 포근하고
푸르름 뽐내던 소나무
하얀 무게에 눌려
어깻죽지 내밀며 웃는 표정
하얀 송곳니 밝게 빛난다.

땀 흘리며 경쟁하던 오 대륙 건각들
올림픽 응원 함성 아직도 쟁쟁한데
찬바람 진한 향기 싱그럽게 스쳐 가고
희끗희끗 눈발 날리는
은빛 언덕 하나씩 지날 적마다
겨울햇살이 나무를 흔들어 깨우며
물러나고 있다.

친구 2

멀리서 술통을 품고 걸어온다.
흐트러진 머리칼, 풀어헤친 셔츠
손끝엔 구겨져 젖은 담배가
만취하여 흐느적거린다.

하늘을 흘겨보며 쌍욕을 하고
돌멩이를 걷어차도, 누굴 탓하랴
세상과 타협할 줄 모르는
멍청이, 모두 네 탓이다.

통 큰 양보를 풀어도
항상 낙오의 대열 맴돌고
정의와 공정 외쳐도
철 지난 헌옷처럼 무능과 비웃음은
진정 네 캐릭터 인가 보다.

시간을 거슬러
충절 청백 선비로 살았으면
공적과 명성 온 누리에 휘날리겠지만
위선僞善이 앞서가는 이 시대에선
꿈을 버리는 게 상책일 것 같다.
친구야,

공간의 상하

사방이 각진 조형물
20층 아파트의 배열, 그 중심에
30년 넘은 초록 그늘의 실체들이
위풍당당 버티고 서 있었다.

하늘을 찌르는 위용
구릿빛 복근, 우람한 어깨와
거북 문신으로 갈라진 거구는
아래 공간을 평정하려는 듯
그들의 위세는 대단했었지

그러나 내려다보이는 녹색 공간의 참모습은
초록 융단의 포근한 굼실거림
한 가닥 바람마다 살랑거리며
한없이 아양 부리는 후들처럼
겸허한 연출이 가관可觀이었어

그나마, 건장한 몸체로 연둣빛 속잎을 키우며
여름을 비웃던 그 무성한 신록도 결국은 방전되어
버티던 이파리 말라비틀어져
하나씩 털어 내고 있더라고,
사계四季의 순환을 인정한 거지,

사라진 무릉도원

화곡동 주공아파트는
엘리베이터도 없는 소형이지만 하늘이 내린 아파트다.
알 만한 사람은 다 아는
싱싱한 푸르름과 화사한 꽃으로 둘러싸인
도심의 무릉도원이다.

부자 동네 고급아파트 자랑하지만
그곳은 아파트가 사는 곳이고
이곳은 사람이 사는 곳.

이른 저녁을 마치고
단지 내 샛길 산책을 하노라면
더욱더 향긋한 천국을 만나곤 한다.
뒷산 아카시아 꽃향기는 골목 들어서는
길손의 후각을 마비시킨다는 원성을 가끔 듣기도 하고

그러던 수년 후
재개발 바람 한차례 휩쓸고 지난 뒤
대규모 아파트 단지와 반듯반듯한 화강암 도로가
위용을 뽐내며 주변을 일시에 제압해 버렸다.
이제 천국은 뭉개지고
무릉도원은 사라져 버렸다.

여름하천

실종

밀려와 나부끼던
그 많은 상념은 어디로 사라졌는지
샘솟듯 콸콸 넘쳐 주체할 수 없던
감흥은 또 어디로 가고

둘둘 말려 어느 귀퉁이엔가
눈만 빠끔히 움츠리고 있을지
스산한 나뭇가지에 걸린 비닐 조각처럼
무기력하게 흐느적거리고 있을지
아니면
교회 철탑 십자가 그늘에 무료히 앉아
오가는 발길의 맥박에 귀 기울이고 있을지

고구마 줄기 마냥
줄줄이 뽑혀 올라오는 푸짐한 감동도
맑은 영혼에 씻겨
행간을 메우던 톡톡 튀는 감성의 편린도

해와 달이 바뀌는 긴 시간 동안
세찬 바람에 휩쓸려 그 향기 흩어지고
그 흔적 사라져 이제는
망연히 서늘한 하늘만 처다 보고 있다.

배려

삼 남매가 아버지 생신이라고
손주 일곱 명이나 우르르 데려 왔다.

네 살배기 막내 손주의 가장 큰 관심사는
옹기종기 둘러앉아 케이크 촛불 끄는 것

생일축하 노래 끝나고
앞 다투어 촛불을 부는 순간
"하나는 끄지 마!"
여섯째 손주 놈의 벼락같은 고함에 모두가 멈칫하는 사이
막내 손주 "후" 하고 남은 촛불 하나 끄더니
"내가 껐다" "내가 껐다" 하고는 깡충깡충 좋아한다.

여섯째 손주 놈이, 막내에게 기회를 주기 위한 것
해마다 형과 누나보다 행동이 느려
기회 놓지고 익울했던 한恨의 축적
막내를 위한 보호조치다.
막내에 대한 배려다.

탄천의 아침 풍경

탄천의 아침은
뽀얀 물안개와 함께 시작한다.
산허리 씻어 내린 물줄기
바위에 부딪히는 우렁찬 함성으로
심산계곡의 시원始原 전하며
파아란 숨결 토하고

산 그림자 헤쳐 나온 물오리 한 쌍
물줄기 거스르며 헤엄치고 있다.
모두가 하산하느라 분주한데
그들만의 한가한 역류

그 옛날 산기슭 맑은 물에서
고단한 초동樵童들 발 담그고
짜릿하게 즐겼을 그 시원함
변함없는 물줄기는 다투어 흐르는데

유모차에서 내린 세 살배기
햇살 수북이 쌓인 냇가에 앉아
떼 지어 노는 잉어 손짓하며
환호하는 모습 평화롭다.

송년의 밤

출렁이는 술잔 속 떨림은
파문으로 일렁대다 잠시 정지된다.
스피커 고음에 천정을 휘몰아 쏟아지는
허무의 조각은 장막 뒤로 빨려 나가고

어둠을 상실한 백야의 들판
들소의 심장으로 들이대며
토해내는 고음 멜로디도
깊은 아쉬움을 털어내진 못한다.

퍼즐 조각 부지런히 쫓아도
과거는 항상 바람처럼 앞서가는 것
놓쳐버린 시간은 다시
회한悔恨의 얼굴로 다가오지만
치열한 삶의 무게만큼 아쉬움은 쌓여가고

늘 갈망하던 간절함을
허상으로 만 바라봐야 하는
외로운 눈

마지막 나누는 정

한여름부터 늦가을까지
작열하는 태양과 맞장 뜨며
버텨온 초록의 순교자들

마지막 수액까지 빼앗기며
퇴색의 고통으로 한껏 가벼워진
검푸른 몸체에 달랑거리는 숨결

분주한 계절의 전갈은
싸늘한 바람을 흘리며 이들의
아쉬운 단절을 재촉하는데

선망의 시선을 의식함일까
비루한 모습 보이기 싫어
주변이 해찰하는 사이
휑한 공간에 조용한 낙하

그래도 한줌 아쉬움 남아
하오의 햇볕 가득 담긴
갈색 체온으로
차디찬 대지와 포근한 정
나누려나 보다.

밤의 대화

공원의 밤은
멀리서 끔벅이던 도심의 불빛 멀어지고
온 누리에 어스름 깔리면
나무들의 속살거림 시작된다.

계곡을 지키던 음습한 떡갈나무 목소리며
발길질에 이골 난 밤나무의 허탈한 푸념도
투박한 소나무의 맛깔스러운 너스레와 함께
한동안 오가는 정겨운 푸른 대화

경주지방 지진 소식이며
광화문광장 촛불집회와
연말 연예 대상 수상자 얘기 등
인적이 흘리고 간 풍성한 소재들

어느덧, 풀벌레 뒤척임도 그치고
밀려오는 한기가 정적을 길게 덮으면
나무들 대화 잦아든다.

세상은 고요 속에 아득하고
희뿌연 가로등마저 눈꺼풀이 풀리면서
공원의 밤은 어둠의 바닷속으로 깊이 내려앉는다.

연육 이후

여객선이 항구에 가까워지고 목쉰 뱃고동 소리 길게 토하면 분주해진 부두의 발걸음, 밧줄을 받아 묶고 발판을 고정하기 무섭게 물밀 듯이 쏟아져 나오는 바쁜 승객들. 육지에 유학 보낸 자녀의 식량이며 반찬 보따리 이고 지고 허리 휘어도 발걸음 재촉해서 빠져나오는 일개미 닮은 분주한 모습.

농사일에 쫓겨 한 시간이 아쉬워, 하오의 출항 알리는 뱃고동 또 울리면 길 건너 식당에서 허기 채우다 벌떡 일어나 허둥지둥 개표소로 향하는 모습.

여기저기 개발의 열풍 지날 때마다 부러운 눈으로 강 건너 불구경만 해오던 벽지에도 따사로운 햇살 스쳐 갔다. 옛 부두의 모습은 세월에 씻겨 사라지고 웅장한 종합여객터미널로 모습 바뀌었고, 섬마다 다리가 놓이면서 문명의 물결이 일개미들을 둥둥 띄우고 있다. 비까번쩍하는 승용차가 고향 집 마당까지 들어오는 좋은 시절이 되었다. 무거운 짐에 짓눌려 종종거리던 부모님, 차 트렁크에 잘 익은 과일, 싱싱한 푸성귀 잔뜩 실어주며 아침 햇살 속에서 손주들 환한 웃음 떠올리며 즐거워하고 있다.

이장移葬

10년 넘도록 낯선 공원묘지 유택에 계시던 부모님 고향 선산으로 모셨다. 자식 따라 타향 생활하시다 공원묘역에 묻히신 수년 동안, 자손들 발길 잦다지만, 부모 형제와 대대로 조상 묻힌 선산 떠나 타향 묘역에서 얼마나 외롭고 애타셨을까?

도시 거주 몇 년 제외 하고도 70여 년 동안 땀과 눈물로 오가시던 탄탄한 길과 태어나서 자라고 생활해 온 터전, 선산 아래 옹기종기 자작 일촌 이룬 고향 땅. 푸른 산에 둘러싸인 동네와 죽 뻗은 도로 지나 길목마다 추억 묻어 있고, 수 없이 오가며 뱉었을 가쁜 숨 몇 모금 쯤 길섶마다 숨어 있다가 털끝만큼의 인기척이라도 알아보았다면 발 구르며 환호했으리라. 오래된 소나무와 밤나무 산골 흐르는 실바람까지 잊힌 기억 털어내며 크게 반겼을 테이고.

파릇한 마늘밭과 풍성한 배추밭도 그대로인데 듬성듬성 하얀 비닐하우스 맑은 누에 등으로 엎드리고 산등성 낮게 깔린 흰 구름은 퍼즐처럼 흩어진 세월의 흔적 맞추고 있다. 이제 고향으로 오셨으니 생전에 베푸신 인심과 온정, 기억 되새기며 선조 어르신, 형제 친구들과 조우에 한동안 바쁘시리라.
아마 내일쯤 귀환 환영 파티라도 열릴지 모르겠네.

진도 팽목마을

6부

봄이면 어김없이 냇가 언덕에
화사한 미소 흩날리며 순결한 숨결로 다가와
따뜻한 정 한껏 뿌리는 싱그러운 벚꽃

다시 찾은 별빛

예전보다 흐려졌다고 푸념이 넘친다.
확실히 흐릿하긴 하다.
황사 때문일까, 미세먼지 때문일까? 아니면
찌뿌듯한 세상사 넘쳐나는 오염 때문일까?
대책이 필요하긴 하다.

그래, 바람 없는 하루, 날을 잡아
촘촘한 빗자루로 조심히 쓸어 모아
바다같이 넓은 쟁반 한가득 물 채워
찰랑찰랑 흔들어보자.

묵은 계절의 때며 부패한 쓰레기들
또 켜켜이 쌓인 애간장 녹은 찌꺼기
오랜만에 사지 활짝 펴고 구석구석 씻어내고 광도내고

하늘 가득 밝아진 별빛에
길을 잃고 떠돌던 푸른 별들 다시 제 자리를 찾아와
오랜만에 얼굴 활짝 펴고 영롱한 빛 밝히고 있다.

이제는
컴컴한 벽에 머리를 찧던 수많은 시인 화가도
다시 부나방처럼 별빛을 찾아 모여 들지 않을까?

약육강식

물고기라고는 찾아볼 수 없었던 개천에
장마가 휩쓸고 간 뒤 물이 맑아지면서 작은 물고기 떼
이곳저곳 헤엄치며 휘젓고 노는 모습에 활기가 넘쳐나고 있었다.
지나가던 사람들의 발길을 붙잡고, 어린아이들 신기한 듯
쪼그려 앉아 시간 가는 줄 모르고 손짓하며
마냥 흐뭇한 미소 터트린다.

그러나 오래가지 못한 개천의 평화
넓은 천에서 살던 물오리 몇 마리
저어새 주둥이처럼 바닥을 휘저으며
며칠간 소탕 작전 벌이더니, 물고기는 사라져버렸다.
물고기 씨가 마른 모양이다.

약육강식의 생생한 현장이 지나간 뒤
개천은 생기를 잃어 적막이 물같이 흐르고
지나가는 발길도 허전함에 휘청거린다.
인간 세상도 마찬가지 아닐까
부와 명예를 더 많이 움켜쥐려는 약육강식의 현장
이런 현장이 많아지면 많아질수록
세상은 생기를 잃고 적막한 세상,
메마른 세상이 될 텐데 걱정이다.

하늘 공원

노을 밀려오는 언덕에
무성한 억새 군단의
발길 반기는 잔잔한 흔들거림

하얀 꽃 피워낸 깃털은
철새의 따스한 품속 되어
거친 세상 포근히 감싸려는
부드러운 나부낌으로

젊은 연인 발길 머물면
겹겹이 막아서는 울타리 되어
수줍은 사랑, 감춰 주려는
포근한 하늘거림으로

무성한 잡초 인 듯 뒤 널려도
늠름한 개선 장군 깃발 되어
북풍에 의연히 맞서려는
노을 향한 힘찬 휘날림으로

억센 몸뚱이에 부드러움 간직한 억새는
외유내강인가?
내유외강인가?

어떤 푸념

사위가 잠든 밤
깊은 정적이 깔리면
푸르스름한 그림자 창문을 넘어 어둠을 건너온다.
창문 앞 정원수 향나무와
나의 은밀한 대화는 낯선 일이 아니다.

3층은 올려다보아야 하고
5층은 내려다보아야 하고
눈높이가 맞지 않으니
유일한 대화 상대는 나일 수밖에

밤새 찬 하늘 떠돌다 한가해진 별들이
초롱초롱한 눈빛으로 지켜보는 가운데
우리의 대화는 이제 속마음까지도
거리낌 없이 털어놓는 사이가 되었다.

꽃의 향기나 미끈한 풍채와는 견줄 바 아니지만
200년을 훨씬 넘어 살아온 동안
사철 변치 않는 푸르름으로 보여준 지조志操,
죽어서는 누 백년 은은한 향기 뿌려
깊고 그윽한 정 나누어 주련만
이를 몰라주는 세상이 마냥 서운하다는 푸념도 한다.

포용의 온도

내공이 겹겹이 쌓인 성직자도
사랑이 머리에서 가슴으로 내려오기까지
60년이 걸렸다는데
세속에 오염된 범인凡人인들
어찌 근접이나 할 수 있을까

후덕한 가슴으로 세상과 친해지자는
수 없는 작심作心은 물거품이 되고
다져진 심상 떨쳐버리지 못해
오늘도 허공에 머리만 휘저을 뿐

굳은 의지로 무장해보지만
곧 해제되는 것은
포용의 온도가 낮은 탓

눈보라 속에서도 꽃 피우는 매화는
훈훈한 혈맥 가지마다 충만하여
포용包容의 온도 넘쳐나고
옛 선비의 기품, 향기로 뿌리고 있는데

조용한 반항

천변에 고개를 갸웃하고
외로운 모습의 백로 한 마리
물오리 떼 장난에도 미동 없는 후줄근한 모습
실연일까? 우울증일까?
다음날 부부가 재회했나
한 쌍이 평화롭게 고개를 파묻고 있다
또 며칠 후 십여 마리가 모였다

황새목 백로과白鷺科 백로
온몸이 하얀 천연기념물 무리
왜 여기서 추운 겨울을 보낼까?
여름철 찾아와 살다가 시월 말 무리 지어
따뜻한 남쪽 나라 찾아 떠나는 여름 철새라는데
왜 이곳에서 추운 겨울을 보낼까?

하긴, 요즘 계절이 제정신이 아니지
세상은 방향을 잃고 흔들리며
물고기도 냉온대를 오가며
과일도 제철을 잊고 불쑥불쑥 나타나는데
철새만 순리에 따를 순 없겠지
천연기념물의 조용한 반항인가?

바쁜 계절

나무에게는
겨울이 외롭고 쓸쓸한 계절만이 아니다.
겨울이 어둠 속 동면의 계절만이 아니다.
겨울이 바쁜 계절이다.

몸체와 뼈마디만 남아 몇 달을 기다리는 침묵들
칼바람 속 흰 눈덩이 무겁게 떠안고
겨울잠을 자는 듯하지만
희미한 물 오르는 소리 쉴 새가 없다.

나무는 추위 속에서도 봄을 위한 계획을 만들고 있다.
비축된 수액을 뿌리와 몸통과 줄기에 필요한 만큼 배분하고
모든 가지마다 잎을 띄울 위치와 수량을 가늠하고,
계절의 전갈을 받은 즉시 솟아 나갈 선발대도 미리 준비해야 하고

가끔은 햇살이 바람 소리로 내려와
파아란 숨결 흩뿌리고 차디찬 가지 매만지며
위안을 주기도 하지만

나무는 동토의 어둠 속에서도 일개미처럼
계절의 명령을 기다리며 분주한 시간을 보내고 있다.
모름지기 나무는 겨울이 바쁜 계절이다.

동해안 열차

빈속에 깡 소주 몇 잔
불그스레한 열기 가득히
흔들리는 차창에 기대어 중심을 잡으려 애쓴다.

동해안 푸른 바닷물 눈앞에 출렁하더니
방파제 넘어 열차를 덮치자
파도 한 자락 뺨을 훔치며
짜디짠 바닷물 우수수 빠져나가고
다시마, 오징어만 곁을 지키고 있다.

소나무 우거진 숲길 가지마다
날카로운 침 세우고 달려들어
화들짝 엎드려도 맹렬한 속도로
머리며 얼굴을 찌르며 지나가고

겨우 정신을 가다듬어 보니
햇살 실은 파도 비늘, 파랗게 돋아나
구름밭치 넘어 밀려오더니
모래 더미 앞에 납작 엎드리고
분주하게 밀려가는 창밖에선
푸른 바닷물이 갈매기를 태워
쉴 새 없이 넘실거린다.

벚꽃 유감

겉만 보고 사람을 판단하지 말자
겉은 무뚝뚝해도 속 따뜻하고
인정 많은 사람 넘쳐나나니

나무는 더욱더 그렇지 않을까?
검고 투박한 몸뚱이지만
자신의 때가 올 때까지 매서운 바람 속에 머물며
준비하고 기다리는 고독한 수행이

며칠 전까지 꽃샘추위에
검은 가지 쳐들고 침묵시위 할 때에도
볼품없는 가로수 정도로 하찮게 여겨
무심히 지나쳤는데
이렇듯 숨 막히는 풍치 연출할 줄이야
어제는 연분홍 뭉게구름으로
몰려와 포근함을 물씬 안기더니
오늘은 하얀 팔짝 지붕 지어
대갓집 품위를 보란 듯이 늘어뜨리고 있다.

봄이면 어김없이 냇가 언덕에
화사한 미소 흩날리며 순결한 숨결로 다가와
따뜻한 정 한껏 뿌리는 싱그러운 벚꽃

철옹성

나름
신념이요, 주관이라지만
소통 없는 주장은 균형을 외면한
편견이요, 완고함인 것을

깊은 산속 오두막에서 밤마다
홀로 별을 경작하는 자연인도 아니고

푸른 유리 벽 안방 깊숙이 앉아
먼지 낀 흑백사진을 낡은 틀 속에 가두고
신선한 바람에 섞인 다양한
체취를 거부하는 좁은 속내는

숙련된 어부도 오락가락하는
날씨에는 때때로 양보하고 저주는
순리를 익히며 산다는데

순환 없는 막힘으로
듬성듬성 나타나는 주변의 뽑혀 헤진 생채기가
점점 영역을 넓혀가는 데도
오롯이 철옹성鐵瓮城을 높여만 가는지
불가사의한 속내 알 수가 없다.

남한산성

굽이굽이 길목마다 청군*의 말발굽 소리,
오르며 몰려오는 큰 함성 뒤섞여
산성너머 혼란에 정신이 아득하다.

또 한 언덕 오르면 청량산 산허리
창창한 수목 사이 바람에 실려 오는
수만 백성 통곡 소리

우람한 청솔은 하늘 아래 우뚝한데
망루마다 피눈물 점점이 서렸어라.

충신 용장은 어디 가고 삼배구고두* 웬 말인가
병자년 통한의 역사 삼전도*에 묻혔구나
세월의 자취 속에 잊혀가는 상처지만

수어장대 섬돌마다 눈물 자국 새로우니
호란胡亂의 온갖 치욕 촘촘히 간직하여
백대 후손 가슴마다 깊이깊이 새겨 주리라.

* 청군: 청나라 군대
* 삼배구고두三拜九叩頭: 세 번 엎드려 절하고 아홉 번 머리를 조아리 는 예
* 삼전도三田渡: 조선시대 서울과 남한산성을 이어주던 나루, 현재 서울시 송파구
  삼선동

속죄의 변

푸른 계곡 흘러내리는 서늘한 시냇물 위로 따스한 햇볕 지켜보던 한가로운 날 개구리 가족의 모처럼 봄나들이 시작된다. 겨우내 움츠린 근육을 펴서 수영 실력 뽐내기도, 가슴에 묻어둔 짝을 찾아 사랑 고백도 하고, 긴 겨울 동면하며 얼마나 기다렸던 시간인가.

그러나 좋은 일에는 탈이 많다더니, 마른하늘에 날벼락이라, 평화로운 나들이에 참극이라니. 인간의 무료한 장난, 무차별 돌팔매 사냥놀이에 등이 부러져 널브러지고, 머리가 깨져 까무러치고 생벼락이 쏟아졌다. 예고 없는 학살에 즐거운 봄맞이 놀이가 비극으로 변하다니 계곡 가장자리에 서있던 달뿌리풀 마저 겁먹은 듯, 푸른 눈물 뚝뚝 흘리며 지켜보기만, 무저항의 생명체로 태어나 이유 없이 당해야만 하는 숙명. 불쌍하고 애통하도다.

개구리 보호법을 제정하라! 개구리 학살한 자를 처단하라!
개구리 집회가 없었기에 천만 다행이다.
반세기가 다되어 용서 구하는 깊은 참회懺悔.
속죄하노라, 속죄하노라.

전쟁 이후

막혔던 산허리를 뚫고 신작로가 생겼다. 지게 지고 봇짐 메고 무릎관절 시리도록 오가던 산길에 방역차 꽁무니처럼 검은 연기 뿌리며 트럭이 지나가고, 검정색 지프차도 가끔 출렁이며 지나간다. 수백 년 만의 교통난 해소, 인류의 역사는 이렇게 변화되는가 보다.

책보를 등에 메고 삼삼오오 떼 지어 등교하던 초등학교 학동들 갑자기 혼비백산 십 여리 오던 길을 되돌아 줄행랑이다. 폭우가 지나간 다음 날 뚫린 야산 기스락에 헐린 무덤에서 시체의 손목 뼈가 덜렁거렸으니 기겁할 수밖에.

전쟁 통에 살해되어 매장된 시체로 확인되었지만. 한동안 아이들은 어른 꽁무니에 매달려 다녀야만 했다. 동족상잔의 쓰라린 흔적은 곳곳에 남아 있다. 이념도 사상도 모르면서 좌로 우로 갈려 죽고 죽이고, 시도 때도 없이 반공호 대피 훈련, 난리가 지나간 이후, 나이 지긋한 노인들 말씀, "사람 마음속은 노름해보면 알 수 있지만, 더 깊은 속마음은 난리를 겪어보면 보면 알 수 있느니…" 생사가 오가는 위급한 상황에선 평소에 잠복해 있던 본심이 튀어나오는 것이 인간의 심리 반응이라는 의미.

반세기가 훨씬 지나고 이제는 모두가 아픈 역사로 기억되고 있지만, 뚫린 신작로 사이로 녹슨 바람이 상처 난 시간을 밀어내며 수없이 스쳐 갔으리라. 산비탈에 우뚝 선 오래된 저 소나무는 수없는 공포의 시간이 지나간 지금 그 참혹했던 장면들을 기억하고 있을지, 햇볕 수북이 쌓인 산자락을 무심히 내려다며 무슨 생각 하고 있을까 궁금하다.

갑천의 봄

한자 이야기 1

품을 회(懷) 자는
무슨 사연을 품고 있을까
깊은 애한에 가슴 아픔인가
오랜 그리움에 사무침인가

마음(忄)은
한가로이 앉지도 못하고
서서 가슴 태우며
품어야 할 애틋함이 있으리니

그리움을 품는(襃)다는 것은
눈물을 옷(衣)깃으로 훔치며
기약 없이 기다리는 것

외로움의 눈물을 감추고
누구를 못 잊어 가슴에 품을까?
누구를 못 잊어 맺힌 한이 되었을까?

한자 이야기 2

앵두나무 앵(櫻) 자는
어린아이(嬰)의 귀여움을 품은 나무(木)이니

어린 여자아이들 해변에 놀러 나와
바닷가 백사장에 주인 없는 빈집들
앙증맞은 조개 집(貝) 하나둘 골라 주워

예쁜 조개껍질(貝) 하나하나 실에 꿰어
목걸이(賏) 만들더니
주렁주렁 목에 걸고 즐거워한다.

어린애(嬰)는 여자애(女)가
목걸이(賏)를 목에 걸치고
기뻐하는 모습이니

여자아이 하얀 목에
조개(貝)가 주렁주렁
앵두나무에 앵두가 주렁주렁
앵두 목걸이

팽목항 갈대숲

해설

임종은의
시적 의식의
아우라(Aura)
−시집 『가벼움의 미학』

채수영
(시인, 문학비평가, 문학박사)

임종은의 시적 의식의 아우라(Aura)
– 시집『가벼움의 미학』

채수영(시인, 문학비평가, 문학박사)

1. 시는 기호(嗜好)가 아니다

시인(詩人)에게 시란 무엇인가라는 본질적인 물음에 대한 대답이 필요한 것일까? 이 물음은 시를 바라보는 본질의 물음이지만 의외에도 시인들이 자기 시에 대한 정리가 미흡함에서 대답을 간과(看過)하는 경우가 더러 있다. 단지 좋아함의 대답이라면 이는 시에 천착(穿鑿)의 이유가 부족함이고 호사가(好事家)에 불과한 대답일 뿐이다. 그러나 시에 살고 시에 운명을 함께 하려는 혹독한 마음으로 시를 대면하는 시인과는 전혀 다른 시의 색채가 결과로 나타난다.

시는 시인의 운명이고 시와 함께 숙명의 그림자를 끌고 가는 동일체일 때 시와 시인의 상관은 서로 체온을 함께하는 길이 열리게 된다. 다시 말해서 취미로의 딜레땅트(Dilettante)가 아니고, 시가 아니면 생의 의미가 무의미하다 라는 각오를 갖고 시를 쓸 때 견고한 의식의 표현이 나타날 수가 있다.

이런 시인의 시를 만나면 향기가 있고 오래토록 체취가 따라 온다. 시인의 소망은 여기에 있을 것이다. 누구나 좋은 시를 쓰고 싶고 아름다운 시의 주인공이 되고 싶다는 소망은 시인의 시를 쓰는 운명이기 때문이다. 여기서 시는 기호품이 아니라 숙명이자 운명의 일체화라는 말이 가능할 것이다. 어떤 시관(詩觀)으로 시를 대면하는지 〈시인의 말〉을 들어본다.

최근 많은 시를 접하면서 정체성의 혼란(?)을 겪게 되었다. 어찌 되었든 시의 본류는 서정성이라는 관념에 충실히 하려고 했으나 주변에서 눈에 밟히는 문제들을 외면할 수가 없어 가장자리를 배회하기도 했다.

역시 좋은 글을 쓰기 위해서는 사색과 명상의 시간 할애가 많아야 함에도 일상에 묻혀 생활하다 보니 표현의 순수성을 모색하는데 어려움으로 다가옴을 절감하기도 했다.

시의 역사는 4800년 전 서사시 「길가메쉬」에서 시작했다. 그러나 사포오로부터의 서정시의 출발에서 시는 어디까지나 서정성의 깊이를 천착하고 탐색하는 일이 본령임을 누구나 알고 있다. 작금에 시와 산문의 경계가 모호한 것도 시대의 변화에 따름이지만 어디까지나 서정성의 시는 영원한 감동의 산물임은 주지의 사실이다. '가장 자리를 배회했다'는 고백은 시에 대한 깊이를 찾아가는 시인의 성실한 탐구를 의미한다. 그리고 '순수성'을 찾아 나서는 발길에서 임시인의 시는 건강한 탐험의 길이 열리는 발성이다.

시집 『가벼움의 미학』에는 제6부 100편의 시를 수용하고 있다. 임종은의 시는 나이(44년생)의 숙성에 경험의 다양성과 사고의 폭이 매우 넓이를 갖고 사물을 관찰하는 시선이 광활(廣闊)하다. 손주들과의 단란한 모습을 위시해서 참혹한 전쟁의 추체험(아마도 6·25가 6살 무렵)을 펼치는 일들은 작금에 좌파득세의 치졸한 사람들의 사고와는 달리 높은 식견이 담겨있다. 시는 경험의 층을 가질 때 철학을 수용하는 길이 열리고 여기에 시적 상상력이 더해지면 진리에 접근하는 시의 위상이 밝아진다. 임종은의 시적 인상은 여기서 출발한다.

2. 정서의 빛깔들

1) 이미지의 색채-가벼움 혹은 비움

시는 이미지의 구축이라면 여기엔 시적 의장(意匠)이 함축성을 가질 때, 산문이 갖지 못한 절제와 탄력을 갖는 표현에 미적 거리가 탄생한다. 시가 어렵다는 말에는 이런 경제원리가 작동되기 때문에 언어 운용의 묘미를 터득하는 지혜가 앞서야 한다. 결국 사상(思想)이라는 그릇을 어떻게 시로 환치할 것인가는 시인의 재능을 돌아갈 것이다.

세상에는 중력의 법칙이 있다. 다시 말해서 모든 사물에는 무게가 있고 이 무게는 결국 우주의 원리 속에 작동된다. 시는 엄연히 우주의 원리를 추구하고 내포하는 점에서 가장 큰 그릇이라 칭한다. 이는 시인만이 갖는 예지(叡智)를 의미한다. 앞을 바라보는 안목의 시선이 남다르다는 평가는 시인이 곧 예지인이라는 뜻으로 돌아갈 것이다. 시인은 지난(至難)한 상황에서는 예지를 발동하여 인도(引導)의 노래를 부르고 평화로운 때는 장식의 화려함으로 살아가는 존재-시인의 운명이다. 이육사나 한용운은 일제의 엄혹한 시대에 민족의 정신을 일깨우고 일으켜 세우는 인도자의 노래를 불렀기 때문이다.

　가벼운 것도 무게요 무게를 가진 것도 존재의 모습이다. 심지어 바람이나 공기조차도 무게를 감지하는 것이 시인의 예민한 촉수라야 한다. 인용으로 증거를 삼는다.

　먼 길을 떠나는 여정
　짐을 비우고 가랴, 채워서 가랴,
　갈등 속에 흔들리다, 비우고, 채우고, 비우고
　모순의 수레바퀴 무수히 회전시키다
　결국은 가식적인 몸부림만 자리를 맴돌고

　치열한 이성理性의 명분에 눌려
　통 큰 결단을 미룬 채, 허공에 둥둥 띄어만 놓고 있다.
　통속의 끈을 놓지 못하고

　여백의 미학도, 비움의 청정함도
　버림의 홀가분함도
　성자聖者의 이상理想일 뿐
　위선의 장막 뒤에 숨어 눈만 끔벅거리고 있다.

　뇌세포의 정확한 명령체계 속에서도

엔터키를 쉽게 누르지 못하는 무기력한 영혼

얼마만큼 더 비워야
저 맑은 하늘을 닮아 갈 수 있을까?
이젠 집착의 분진 훌훌 털어버리고
포근한 뜬구름의 풍요를 닮아가고 싶다.

- 「가벼움의 미학」

비움과 채움은 하나일 것이다. 그러나 수레바퀴는 비어있기 때문에 무거운 짐을 옮길 수 있고 교실은 비어있기 때문에 학생으로 채워지는 이치는 비움이 곧 채움이고 채움은 다시 비움이라는 불가(佛家)의 공즉색(空卽色)이나 색즉공이라는 철학의 깊이를 담고 있다. 그러니 있음과 없음은 모두 허무요 이런 탄식은 성인들이 이미 설파했다.

임시인은 여정의 시작을 의문부호로 시작한다. 즉 '길을 비우고 가랴.' '채우고 가랴'를 물으면서 모순의 수레바퀴를 회전하면서 일생을 살았다는 상징이 앞장서고 결국은 몸부림만 자리를 맴돌고'에서 허망한 자취를 인식한다.

사는 일에 무엇이 들어있는가를 찾는 일은 철학의 시작이고 마지막이다. 그러나 종내는 아무것도 없는 허망 앞에 사라지는 존재 이외에 다른 의미는 없다. 이러하매 '허공에 둥둥 떠만 놓고'의 서글픈 고백이 나오지만 이는 시인만의 현상은 아니다. 인간은 궁극에 모두 같은 궤도를 지나는 여정이기 때문이다. '얼마를 더 비워야/ 저 맑은 하늘을 닮아갈 수 있을까?'의 물음 앞에

처연(凄然)한 스스로를 발견하게 된다. 이리하여 마지막 소망은 포근한 '뜬 구름의 풍요를 닮아 가고 싶다'의 원망형이 마침표로 다가든다.

비운다는 것은 쉬운 일이 아니다. 전 생애를 면벽(面壁) 수행하는 스님들도 비움의 방도를 알기 위해 일생의 화두로 삼지만 종내는 허접한 육신의 태움으로 마치는 일이 인간사의 의미이기 때문이다. 그러나 결론이 그렇더라도 찾아 나서는 길을 버릴 수는 없다. 왜냐하면 진리는 종점에 이르는 것이 중요한 것이 아니라 과정이 중요한 이치이기 때문이다. 임종은은 시집 제목에서 철학의 깊이를 찾아가는 길을 발성(發聲)하는 점에서 의미의 층계를 높인다.

비어있음은 위대를 담을 수 있는 그릇에 해당한다.

강한 뚝심과 유연한 낮춤의 지혜를 겸비한 대나무. 거센 바람에도 꺾이지 않고 버티는 비밀은 속을 비워 겸양의 덕을 간직한 때문이리니 자연의 혹독한 시련과 대적할 적마다 인고의 매듭이 켜켜이 이어져 거센 바람도 견디어 내는 것이 아닐까.

-중략-

그렇다고 너무 강성으로만 볼일은 아니다. 퉁소와 피리로 변신하여 풍악 연주에 일등 공신으로 등장하여 때론 흥겹고, 때론 애절한 음색으로 인간의 감성을 움직여 흥을 돋우고. 소슬한 심경을 달래주는 하늘의 소리를 만들어 내나니. 묵향 촘촘히 박힌 붓대는 기라성 같은 시인. 묵객의 손아귀에서 일필휘지一筆揮之의 名

글 名詩가 살아 꿈틀거리고, 그윽한 산수의 절경을 탄생시키기도 한다는 사실. 그렇다면 대나무는 문무를 두루 겸비한 大나무임이 틀림없다.

- 「대나무」에서

부드러운 것은 영원함을 갖는다. 그러나 강한 것은 뚝 부러지는 운명을 쉽게 받아들이는 점에서 대나무의 효용은 위대한 비유에 가깝다 '유연한 낮춤의 지혜'를 배울 수 있고 비바람에도 꺾이지 않는 기개를 갖고 살아가는 원천은 속이 텅 비어있기 때문에 그렇다. 솔직하게 또는 쑥쑥 자라는 형상은 대나무가 얼마나 곧은 지혜를 갖고 성장하는가의 비유—나무 중에서 이런 대나무의 속성은 어떤 것도 없다. 강하고 또 인고(忍苦)의 세월을 감내하는 대나무이지만 그렇다고 애절한 음색의 퉁소나 피리로 하늘의 소리를 만들어 내는 일은 대나무가 갖는 위대성을 암시한다. 또한 일필휘지의 글의 도구인 붓은 대나무가 아니면 불가능한 소용이다.

신라 신문대왕 때, 만파식적(萬波息笛)의 설화에는 '동해 가운데 한 작은 산이 감은사로 향하고 떠 와서 파도가 노는 대로 왔다갔다 하나이다'의 보고에 '선대왕이 용이 되어 삼한을 수호하고 있습니다' 이는 대막대기가 낮에는 둘이 되고, 밤에는 하나가 된다는 거센 물결을 잠자게 하는 신통력을 의미하는 설화는 젓대의 효능을 상징한다. 대나무가 신통력을 발휘하는 설화에서 한 손으로 치면 소리가 없고 두 손으로 치면 소리가 나는 일은 소리로써 천하를 다스린다는 신화의 줄기가 대나무에서 신통력이 비롯된다. 신묘한 소리의 진원인 저(피리)의 설화는 가장 오래된 우리 민족의 체취를 접하는 상징이다.

2) 운명의 소리와 상징

운명은 소리가 없다. 그러나 스미듯 찾아오는 운명은 때로 희(喜)와 비(悲)를 섞바꾸면서 인간 앞에 비극과 희극을 전달한다. 셰익스피어의 4대 비극은 인간이 어떤 상황에 처했을 때 눈물샘을 자극하는가를 열거한다. 이는 자식으로부터도 오고 또는 타인과의 접촉에서 운명을 이끌고 오가는 희비는 길을 달려온다. 이는 살아있기 때문에 찾아오는 이름이라면 운명은 곧 살아 있음을 위로하는 항목으로 여길 때 마음이 평안해질 것이다. 죽은 자는 아무런 말을 못하고 인연을 만들지 못하는 침묵의 깊이에서 갈래져서 찾아든다. 로또라는 이름은 돈의 행운일 수도 있고 행복한 생의 길을 달려가는 일도 가지런하게 찾아온다. 물론 순서가 없다는 점에서 예상을 벗어난 이름이기에 운명의 조우(遭遇)에는 감정선이 움직인다. 「체념의 눈빛」이나 「폐선」 그리고 「5일장」에는 왁자한 소리와 침묵의 심연을 방문하는 갈래가 경치를 만들고 있다

축산시장에 가면
철망에 기댄 황구와 백구 무리의
처연한 눈빛을 보게 된다.

한땐 총명함으로 인기도 있었고
듬직한 지킴이로 사랑도 받았지만

이제 그들은
낯선 두려움으로 다가오는
단절의 순간을 가늠하고 있다.

-「체념의 눈빛」에서

　요즘은 인식이 많이 변해서 이른바 반려견이라는 이름으로 가
축도 가족이라는 사고가 널리 퍼져있다. 그러나 여전히 장마당
에서는 눈보라에 비바람을 견디면서 팔려가는 운명을 기다리는
가축들의 처참한 정경을 볼 수 있다. 마치 어둠의 시기에 아프
리카의 노예처럼 누가 데려갈 것인가를 운명에 맡기는 참혹함이
비일비재하다. 축산시장에 가면 여전히 개는 개의 눈빛으로 시
선을 어디 둘 줄 모르고 닭은 닭으로 비좁은 망 속에서 기다림을
심고 있음은 갇혀 사는 인간의 경우와 다름이 있다고 누가 말할
것인가? 운명의 망(網)에서 벗어날 길이 없는 원천적인 처지를
벗어나는 혁명은 없다. 여기서 단지 짐승은 짐승이 아니라 인간
자신으로 바꾸어도 매일반이라는 경우에 직면한다.
　인간은 상황을 벗어나려는 의지가 구체적이지만 짐승에게는
그런 희망은 없다. 인간에게 맡겨진 절망이고 또 희망이라면 달
리 어떤 방안이 있을 것인가? 그 대답은 묘연하다. 버려진 「폐선」
에서는 더욱 실감을 가져온다.

　지금은 기관실 한구석 기름에 젖어 퇴색된 옛 기억만 몇 조각 뒹
굴 뿐. 만선의 기쁨에 흥청대던 깃발도. 우렁찬 뱃고동 소리의 추
억도 젊음 불태웠던 낭만도 흔적 없이 사라지고 바닷바람과 뜨거

운 햇볕에 젖은 몸체 말리기를 몇 해. 삐걱거리고 바스러지는 녹슨 몰골에도 옛 주인의 행방은 없고. 고철을 먹어 치우는 하이에 나의 습격에 기관실. 조타실 모두 털리고. 그물을 걷어 올리던 갑판에 새겨진 두 줄 음계만 희미한 흔적으로 남아 파도에 밀려 삐거덕 삐거덕 울음을 삼키며 무딘 현絃으로 목쉰 곡조를 토하고 있지만. 염수에 젖어 부석거리는 낡은 선체는 세월과 함께 수면 아래로 점차 흔적을 감추어 가고 있다.

-「폐선」에서

화려와 찬란은 한때를 장식했고, 오대양 육대주를 거침없이 파도를 헤쳐 나갔던 기개는 이제 초라의 몰골로 진흙 펄 바탕에 누워있다. 이 비유는 인간의 상징과 바꾸어도 된다. 한때 잘 나가던 젊은 날은 시간의 등성이를 넘으면서 스미듯 다가온 운명의 아픔은 버려진 처지의 비극에 떨어지는 일은 비일비재한 일이기 때문이다. 이를 일러 운명을 거역할 수는 없다고 말한다. 메테링크의 몬나반나 속에서는 '비켜라! 운명아 내가 간다'라 호언장담을 하지만 궁극에는 시들어 사라지는 존재의 마지막은 참담한 처지에 허무를 감내하게 된다. 모든 비유는 인간과 상관이 있다면 폐선은 곧 찬란한 시절을 뒤로하고 버려진 운명의 처지와 어울린다.

'삐걱거리고 바스라지는' 일은 나이가 들면 어김없이 찾아오는 손님이고, 이를 피할 수 있는 방도는 어디에도 답안이 없다는 절망의 길이 열릴 때 운명은 비극의 길-누구나 그 길을 외면하고 살아가는 방안은 없다. 오로지 순명의 길이 있을 때, 피할 길 없는 생의 길이나 버려진 배의 길이나 다름이 없다.

3) 역사 앞에서의 자각

인간은 자기 역사를 만들면서 존재한다. 물론 개인사가 모여서 사회사가 되고 사회적인 단위가 모이면 국가라는 거대 단위가 성립이 되지만 이를 진행하는 지도자의 잘못은 비극을 초래하는 일이 역사의 줄기로 이어진다. 흔히 이데올로기와 이데올로기의 대립에서 나타난 전쟁은 개인사의 역사를 비극으로 초래했고 이런 상황은 항시 되풀이되는 점에서 교훈이 될 것이다. 1950년 한국전쟁은 김일성이라는 야욕의 검은 화신이 침략의 포성을 울림으로써 민족사의 물줄기에 검은 시대를 연출했고 이제 그 극복의 역사를 지나 왔지만 여전히 좌와 우의 대립이 격화의 전쟁을 방불하고 있다. 임시인은 어린 날의 기억을 되돌려 교훈을 펼치는 의도가 비극의 길을 가져서는 안 된다는 뜻이 시화(詩化)로 길을 만들고 있다.

수십 리 밖에서 터지는 포성과 섬광으로 모두 몸을 벌벌 떨었더니 함포사격이라 했다. 귀를 찢는 굉음에 놀라 마루 밑에 들어가 이불 뒤집어쓰고 땀을 뻘뻘 흘리며 숨었다. B-29 전투기라 했다. 한국전쟁의 무더운 6월.

완장을 찬 10대 후반의 청년들이 지주 노인을 묶어서 끌고 왔다. 꿇어 앉혀놓고 무어라 몇 마디 하더니 몽둥이로 후려치니. 그대로 기절해 버렸다. 그들은 좌가 무엇이고 우가 무엇인지나 알고 있었을까. 또 부르주아가 무엇인지도…

면장을 지낸 친구 아버지도 초등학교 운동장으로 끌려 나왔다. 모자를 깊이 눌러쓴 사내들이 연단에 올라와 죄목을 나열하자 동원된 사람 중 누군가 '반동분자 처단합시다' 하고 선동한다. '우리 아버지 살려 주세요' '우리 아버지 살려 주세요' 친구 형제들은 사람들 마다 쳐다보며 애타게 울부짖었다. 그러나 동원된 사람들은 각본에 따라 소리 지를 뿐 그들은 영혼이 증발한 허깨비, 허깨비 무리였다.

친구 아버지는 초췌한 얼굴로 흰 바지에 묻은 흙을 손등으로 몇 번 털어 냈다. 잠시 후 자신의 운명을 모른 채.

탕! 탕! 그들의 인민재판은 끝나고 사람들은 뿔뿔이 헤어졌다.

－「역사 앞에서」에서

한국전쟁 일명 6·25라는 이름으로 전쟁의 참혹한 1950년의 풍경이다. 절차의 재판이 아니라 인민이라는 편법의 재판에 의해 무조건 죽임을 당한 일은 당시에 처절한 풍경－ 한 마을을 대립의 공간으로 만들었고 아버지를 고발하고 죄를 토설하는 일이 인민이라는 이름으로 자행된 당시의 풍경이었다. 지주 즉 부르주아라는 죄명이 어떻게 죄가 되고 프로레타리아는 선한 사람이 될 수 있을 것인가는 공산 사상이 갖는 맹신의 야욕이었고 공평이라는 균형을 내세운 김일성의 검은 욕망을 실현하려는 일이 공산의 본질이었다. 부모를 잃었고, 남편을 잃었고, 남으로의 남부여대(男負女戴)의 긴 피난의 기억이 자극을 준다. 고아들이 양산되었고 가진 자라는 미명으로 총살이 자행된 전쟁의 상처는 50년대와 60년대까지의 참혹한 가난에의 시련을 경험한 시인의 뇌리에서 결코 잊어서는 안 된다는 경종이 울린다. 결코 잊어서는 안 되지만 좌파의 득세는 김일성의 손자에 이르기까지 변함이 없는 야망의 그물에 굽신거리는 시대상이 초라하다. 우익과 좌익이 무언지도 모르는 선량한 백성의 가슴에 핏빛 비극을 심어놓은 전쟁의 상흔(傷痕)을 결코 잊어서는 안 되는 일이지만 작금에 젊은이들은 이를 전혀 이해하지 못하는 벽이 가로놓여있다. 이는 지도자의 잘못이다. 역사는 항상 대비하는 자세에서 되풀이 오는 비극을 막을 수가 있기 때문이다.

전쟁 통에 살해되어 매장된 시체로 확인되었지만. 한동안 아이들은 어른 꽁무니에 매달려 다녀야만 했다. 동족상잔의 쓰라린 흔적은 곳곳에 남아 있다. 이념도 사상도 모르면서 좌로 우로 갈려 죽고 죽이고. 시도 때도 없이 반공호 대피 훈련. 난리가 지나간 이후. 나이 지긋한 노인들 말씀. "사람 마음속은 노름해보면 알 수 있지만. 더 깊은 속마음은 난리를 겪어보면 보면 알 수 있느니…"생사가 오가는 위급한 상황선 평소에 잠복해 있던 본심이 튀어나오는 것이 인간의 심리 반응 이라는 의미.

-「전쟁 이후」에서

전쟁은 모든 것을 상실하는 놀음이다. 얻는 것은 승리가 아니라 야욕의 물줄기가 모든 사람에게 상처를 줄 뿐 승리의 월계관은 결코 빛을 발하지 못한다. 우리의 아픔은 그런 경험을 지나왔다. 1·4 후퇴의 추위 그리고 남으로 향하는 화물차의 지붕에 올라 부지기수로 떨어져 죽는 참담한 모양을 경험하거나 체험한 임시인 같은 세대는 이제 점차 말의 기력이 쇠해진다. 이데올로기는 결코 따스한 체온을 갖는 것이 아니고 오로지 욕망을 부추기는 비극의 씨앗이라는 변함없는 사고를 갖고 살아왔지만 누가 경청하던가? 전쟁의 상흔은 지금도 남과 북이라는 거리를 격(隔)하면서 살아가는 처지에 젊은이들은 평화무드에 젖어 좌익의 본 얼굴을 알지 못하거나 믿지 않으려는 생각의 완고함-지도자들의 잘못이 우선이다.

「남한산성」에서 청태종에게 삼배구고두(三拜九叩頭)와 항복문서를 기억해야 하지만 또는 환향년이라는 슬픈 기억은 이미 역사책 속에서 명맥을 유지하는 교훈일 뿐이다. 지도자의 나약함은 백성을 비극으로 몰아넣을 수 있다는 자각이 앞서야 하지만 맹목의 요망에 이끌려 정신줄을 놓고 사는 무지의 극치가 여전히 팽배하고 있다.

> 수어장대 섬돌마다 눈물 자국 새로우니
> 호란胡亂의 온갖 치욕 촘촘히 간직하여
> 백대 후손 가슴마다 깊이깊이 새겨 주리라.

-「남한산성」에서

임진왜란이 있고 병자호란이 있었다. 그 깊이를 들여다보면 모두 무능한 지도자의 탓이 아닐 수 없다. 병자호란 당시 아녀자들은 김경진이 이끌고 강화도로 피난 갔고 그 아비 김류는 왕을 모시고 남한산성으로 피난을 했지만 이내 인조는 끌려나와 삼전도에서 치욕의 항복 문서 -아홉 계단을 쌓고 청왕이 준 갖옷을

입은 인조는 계단 아래서 큰절 세 번에 작은 절 아홉 번의 머리를 조아린- 우리에게 민족사의 최초의 항복문서를 바친 치욕이었고 젊은 처녀들은 청으로 끌려가 몇 년 후에 돌아온 환향년-세검정 목욕이라는 말이 생겼다. 즉 세검정 물에 목욕을 하고 고개를 넘어오라는 명령이었으니, 이후에 몸이 더럽다고 박대하거나 핍박하는 자를 엄히 다스린다는 인조의 포고였으니 얼마나 혹독한 시련인가? 임진왜란의 선조의 무능과 인조의 무능도 대비되는 일이지만 여전히 그런 조짐은 우리 앞에서 서성이고 있다. 역사는 되풀이 된다. 이런 경계의 역사를 잊고 사는 일은 언제라도 비극을 불러오는 손짓이라는 점에서 염려는 시인만의 생각은 아니다.

4) 생명 사상

휴머니즘은 문학의 영원한 숙제이다. 인간과 인간을 사랑하고 평화의 정신을 고양(高揚)하는 일은 문학이 갖는 본령이고 이를 실천하는 일 또한 문학에 운명이다. 음풍농월이 아니라 냉철하게 현실을 바라보는 안목에서 문학의 가치는 빛을 발하기 때문이다.

모든 생명에는 섭리의 뜻이 담겨있다. 그러나 인간은 경중을 따져 바라보는 시선에서 편견의 포로가 되는 일이 한둘이 아니다. 왜냐하면 신은 필요에 의해 창조했을 뿐이지 필요를 가지고 생명을 부여한 것은 아닐 것이다. 만약 신조차 그런 편견의 포로였다면 파문의 길을 당했어야 옳은 일이 될 것이다.

그러나 좋은 일에는 탈이 많다더니. 마른하늘에 날벼락이라. 평화로운 나들이에 참극이라니. 인간의 무료한 장난. 무차별 돌팔매 사냥놀이에 등이 부러져 널브러지고. 머리가 깨져 까무러치고 생벼락이 쏟아졌다. 예고 없는 학살에 즐거운 봄맞이 놀이가 비극으로 변하다니 계곡 가장자리에 서있던 달뿌리풀 마저 겁먹은 듯. 푸른 눈물 뚝뚝 흘리며 지켜보기만. 무저항의 생명체로 태어나 이유 없이 당해야만 하는 숙명. 불쌍하고 애통하도다.

-「속죄의 변」에서

하늘의 새는 하늘의 주인이고 땅 위에 모든 생명체는 그 나름의 주인이라야 한다. 그러나 개구리의 운명은 인간에 의해 무참히 도륙당하고 또 이유 없이 박해를 받고 '푸른 계곡'에 주인이 되지 못하고 쫓기고 도망 다니는 개구리의 운명은 미물이라는 인간의 기준에 의해 슬픈 운명을 감내해야만 한다. '봄을 전달'하고 '뛰어난 수영 실력' 또는 합창의 긴 여운으로 시절을 알리는 전령사의 임무를 가진 개구리의 포획에 법을 제정하라는 시인의 주장은 공소(空疏)한 것 같아도 언젠가는 그런 합리에 박수를 보낼 것이다. 이는 생명 사상의 근저(根底)이면서 스스로를 사랑하라는 인간 사랑의 방도와 상통하기 때문이다. '속죄하노라' '속죄하노라'를 참회하는 임시인의 의도에는 휴머니즘의 근거가 생명의 소중함을 강조하는 주장에 설득력을 갖는다.

순백 내려앉은 그윽한 산언덕에서
뚜벅뚜벅 찾아올 헌헌장부 맞이하여

하얀 사랑 고백하려나 보다.

-「하얀 사랑」에서

눈이 내리면 산천은 모두 하나로의 통일을 이룬다. 보이는 것이나 보이지 않는 것들 모두가 하나로 표정을 가질 때 세상은 화려한 눈 세상으로 감싼다. 이는 어머니의 사랑을 포장한 대지의 아름다움이다. 시인은 그런 꿈을 꾸는 나날을 위해 '순백'의 산하 앞에 감동을 표하는 의도는 차별 없고 공평한 것에서 느끼는 희열을 갖는 심사(心事)는 바로 그의 사상적인 의도를 짐작하게 한다.

모든 문학은 사랑을 바탕으로 했을 때라야 가치의 무게를 가질 수 있다면, 임종은의 시적 발상은 애당초 그런 생각으로 시의 핵심에 존재가치를 둔다는 점에서 생명 사랑은 곧 나를 사랑하는 우회적인 사상을 의미한다. 「상처 난 모과」나 「바다의 모정」과 「풍요와 빈곤」이나 「사라진 무릉도원」을 읽으면 그런 생각이 한층 고조된 깊이라는 점에서 시적 이미지가 빛난다.

5) 허무 혹은 우정

인간은 나이가 들면 자연스레 자연의 법칙을 따르고 순응한다. 젊은 날의 팔팔한 기운은 스러지고 희망의 날개는 자연스레 기력을 다해서 생로병사의 길에 접근한다. 이런 일을 허무라는 이름으로 부르면 숙명적인 현상이 곧 삶의 도정(道程)일 뿐이다. 어느 누구도 이 궤도를 이탈한 생명체는 없기 때문이다.

이곳은 바람 소리도 피해가고 부스럭거리는 소리조차 듣기 어렵다. 껍질만 남아 여러 겹으로 구겨진 창백한 얼굴들이 침대에 기대어 퀭한 눈으로 창밖을 바라보지만 찾는 것은 아무것도 없다. 아무런 생각도 없다. 모두가 입을 닫은 채 침묵으로 시간만 쫓고 있다.

ㄱ침묵의 세계」에서

요양원의 풍경이다. 침묵은 침묵이 아니고 가슴으로 수없이 많은 말들이 흐르지만 표현의 길이 차단된 현상을 감내하면서 하루하루 근근이 살아야 하는 처지의 비극의식이다. 가슴에는 회한의 강물이 흐르고, 눈으로는 말 잃은 풍경이 지나갈 때 누구를 기다리는가? 천형처럼 형벌의 명칭은 오래 살았거나 병든 이유로 격리 아닌 격리의 생활을 보내는 사람들끼리 창백한 얼굴에 회한과 추억은 곤곤(滾滾)히 흐를 것이다. 오래 산다는 것이 축복이 아니라 아픔이고 신음으로 둔갑하는 일은 이미 우리 사회에 만연한 현상이다. 외면 당하는 일 뿐만이 아니다. 인간의 가치를 상실한 체 산속에 버려진 운명의 고려장과 무엇이 다를 것인가? 카메라의 눈을 사회 어둠을 찾아 모순의 해법을 찾아 나선 시인의 고뇌가 고귀하다. 시인은 보여 줄 뿐 해답을 제시하는 존재가 아니다. 불합리에 합리를 주장하고 모순에서는 정도(正道)를 찾아야 한다는 일은 인간에의 사랑심이 없이는 불가능한 주장이고 공소한 메아리일 뿐이다. 임종은의 시는 비록 야들한 가락은 아닐지라도 투박하면서도 굵은 사회의 문제를 꺼내는 점에서 가치가 있는 것 같다.

우정은 항상 질펀하다. 만나면 즐겁고 나이가 들어도 스스럼 없는 처지에 가장 친한 정감이 오가는 일이 우정의 본질이다. 학창 생활의 추억이나 삶의 동반에서 느끼는 체온 나누기의 일들은 곧 삶의 본질이기에 우정은 깊은 강물처럼 푸르고 또 아슬하다.

통 큰 양보를 풀어도
항상 낙오의 대열 맴돌고
정의와 공정 외쳐도
철 지난 헌옷처럼 무능과 비웃음은
진정 네 캐릭터 인가보다.

－「친구 2」에서

친구가 있음은 곧 내가 있음과 같다. 불란서 속담에 '친구와 포도주는 오래될수록 좋다'는 말이 있다. 술에 취하고, 세상을 한탄하고, 사랑에 탐닉(耽溺)하던 의기양양한 젊은 날의 친구는 곧 삶의 활력이고 재산이고 진정한 나의 삶의 가치를 더해주는 이름이고 분신이다. 정의에 열을 올리고 불의(不義)에 신념을 펼치는 우정의 강물은 영원히 함께 하는 것이 아니라 흐르고 가버리는 특징이 아쉬움을 준다. 이런 이유로 추억이 따라붙어서 재촉하는 회상은 항상 아름답다. 임시인은 이런 정감을 「친구1~2」로 고백하고 있다. 정이 많은 사나이의 진솔한 고백 같다.

3. 마침표 앞에서

한 사람의 시인은 한 가지의 우주를 소유한 사람이다. 때문에 그의 시는 곧 우주를 포괄하는 질서의 개념도 들어있고, 미래를 바라보는 확장된 시선도 보인다. 이미지 구축이나 언어 탄력의 중심을 잡을 때, 시적 무게는 한층 고도한 세련미를 갖추어야 할 것이지만 투박한 묘미 또한 임종은 시만의 독특한 표정이고 그가 갖고 살아온 생의 무게가 더욱 고귀한 정서의 표출에서 진중하고도 사고의 건전성이 노래로 다가오는 길이 넓고 굵은 시인이다.

가벼움의 미학

임종은 시집

발 행 처 · 도서출판 청어
발 행 인 · 이영철
영　　업 · 이동호
홍　　보 · 천성래
기　　획 · 남기환
편　　집 · 방세화
디 자 인 · 이수빈 | 김영은
제작이사 · 공병한
인　　쇄 · 두리터

등　　록 · 1999년 5월 3일
(제1999-000063호)

1판 1쇄 발행 · 2020년 2월 20일

주소 · 서울특별시 서초구 남부순환로 364길 8-15 동일빌딩 2층
대표전화 · 02-586-0477
팩시밀리 · 0303-0942-0478

홈페이지 · www.chungeobook.com
E-mail · ppi20@hanmail.net
ISBN · 979-11-5860-740-1(03810)

이 도서의 국립중앙도서관 출판시도서목록(CIP)은 서지정보유통지원시스템 홈페이지
(http://seoji.nl.go.kr)와 국가자료공동 목록시스템(http://www.nl.go.kr/kolisnet)
에서 이용하실 수 있습니다.(CIP제어번호: CIP2020004836)